图书在版编目（ＣＩＰ）数据

细米／曹文轩著.—南京：江苏凤凰少年儿童出版
社，2006.1
（曹文轩纯美小说系列）
ISBN 978-7-5346-3410-9

I. 细… Ⅱ.曹… Ⅲ.长篇小说－中国－当代 Ⅳ.
I247.5

中国版本图书馆 CIP 数据核字(2005)第 149913 号

书　　名	曹文轩纯美小说系列——细 米
著　　者	曹文轩
责任编辑	郁敬湘　张晓玲
封面绘画	周　翔　姚　红
美术编辑	蔡　蕾
出版发行	江苏凤凰少年儿童出版社
地　　址	南京市湖南路 1 号 A 楼，邮编：210009
印　　刷	南京新洲印刷有限公司
开　　本	890 毫米×1240 毫米　　1/32
印　　张	7.75　　插页 4
版　　次	2006 年 1 月第 1 版
	2009 年 6 月第 2 版
	2016 年 4 月第 3 版
	2018 年 5 月第 20 次印刷（总第 71 次印刷）
书　　号	ISBN　978－7－5346－3410－9
定　　价	22.00 元

（图书如有印装错误请向出版社出版科调换）

曹文轩纯美小说系列

细米

曹文轩 著

江苏凤凰少年儿童出版社

曹文轩，北京大学中文系教授，北京作家协会副主席。主要作品有《山羊不吃天堂草》《草房子》《天瓢》《红瓦》《根鸟》《细米》《青铜葵花》《蜻蜓眼》《大王书》《我的儿子皮卡》《丁丁当当》《火印》等。创作并出版绘本《飞翔的鸟窝》《羽毛》《柏林上空的伞》等40余种。学术性著作有《中国80年代文学现象研究》《第二世界——对文学艺术的哲学解释》《20世纪末中国文学现象研究》《小说门》等。人民文学出版社出版《曹文轩文集》（19卷）。《红瓦》《草房子》《青铜葵花》等被译为英文、法文、德文、希腊文、日文、韩文、瑞典文、丹麦文、葡萄牙文、俄文、意大利文等文字，计70余种。曾获中国作协全国优秀儿童义学奖、宋庆龄文学奖、冰心文学奖、国家图书奖、输出版权优秀图书奖、金鸡奖最佳编剧奖、中国电影华表奖、德黑兰国际电影节"金蝴蝶"奖、北京市文学艺术奖等重要奖项60余种。2016年获得国际安徒生奖。

国际安徒生奖简介：

国际安徒生奖（The Hans Christian Andersen Awards）是世界儿童文学领域的最高奖项，由国际少年儿童读物联盟（IBBY）于1956年设立，由丹麦女王玛格丽特二世赞助，以童话大师安徒生的名字命名，每两年评选一次。1966年增设了插画奖。

该奖表彰为青少年儿童文学事业做出永久贡献的优秀儿童文学作家和插画家。该奖一生只能获得一次，一旦获得，便拥有终生荣誉。

2016年4月4日，在第53届意大利博洛尼亚国际童书展上，2016年"国际安徒生奖"正式揭晓，曹文轩获得该奖项，这是中国作家第一次获得该奖项。

　　曹文轩，用诗意如水的笔触，描写原生生活中一些真实而哀伤的瞬间。

　　　　　　　　——国际安徒生奖评委会主席帕奇亚当娜

目录

第一章　树上的叶子树上的花

1

稻香渡是坐落在大河边上的一个村子。

今天的稻香渡有点兴奋，因为今天这里将迎来一批从苏州城里来的知青。听说，全是女孩子。来这一带插队的知青，不知是什么原因，都是男女分开派往各个村子的。

稻香渡的男女老少，好像都希望分到稻香渡的是女知青。理由也说不出太多，总而言之，就是希望分到稻香渡的是女知青。

毛胡子队长一大早就带领几个壮实的年轻农民驾船去二十里外的油麻地接她们了。油麻地是一个大镇子，有轮船码头。城里来的知青从县城坐轮船到油麻地，随即就按男女编队分往油麻地周围的若干个村子。

午后的太阳十分明亮。

稻香渡的河边上挤满了人，都在向大河的尽头眺望着。

一些小孩子挤在大人堆里，看不到大河，就不住地问："看到船了吗？"有人说："还没有。"有人却说："看到了，喏，那不是我们稻香渡的大船吗?"那些看不到大河的孩子分不清谁的话是真的,就仰着脸问:"真的看到船了吗?"那些大人要么就是故意不答,让那些孩子着急去,要么就是没有将那些孩子当一回事,对于他们的追问无动于衷,只将心思放在对大河尽头的眺望上。那些孩子心里明白了,不能指望这些大人会对他们有个认真的态度,就只好凭自己的力气与身体的小巧灵活,在大人们之间的缝隙里钻来钻去,企图钻到人群的前面去。几个瘦小的孩子,竟然从大人的裤裆里钻了过去。有个女孩看到了,就说:"不要脸!"

细米不用这样着急,因为他早爬上了村头的那棵高大的槐树。他稳稳地坐在一根横枝上,垂挂着的两条腿,还悠闲地摆来摆去,一副很舒服的样子。大河在他眼里,是一条没有任何遮挡的大河。

大树底下站着红藕。

红藕也看不到大河,但红藕并不很着急,因为红藕有细米——细米会在树上不住地向她诉说大河的:

"大河光光的。"

"有条船,是一条小船。好像是放鱼鹰的。"

"从大河那头飞来了一群鸟,往北飞去了。"

"有一群野鸭落到那边芦苇塘里了。"

……

红藕仰着脸望着树上的细米。有阳光透过树叶照射下来,她的眼睛眯睐着。

但,细米并不低头看红藕,他直朝大河看。细米是一个爱脸红的男孩,尤其是在红藕面前。

红藕比细米大方多了,尽管她知道三鼻涕他们几个会不时地掉过头来不怀好意地看她和细米。红藕不在乎,红藕就是喜欢跟细米呆在一起。再说,红藕是有理由的:她是细米舅家的孩子,细米是她姑家的孩子,细米大她两个月,但也是她的小表哥呀。

三鼻涕挤到了树下,向树上的细米问:"看到船了吗?"

细米没有心思理会三鼻涕,依然眺望他的大河。

三鼻涕在等待树上的消息时,两道清水鼻涕已悄悄地朝嘴边流去。三鼻涕需要聚精会神地管他这两道永远在流淌的鼻涕,因为只要注意力一在别处,它们就会探头探脑地跑出来。如果是一件事物紧紧地吸引住了他,或是一个心思紧紧地纠缠住了他,它们甚至会越过他的嘴巴,直到有人说"鼻涕过河啦!"他才突然一收走开了的注意力,紧接着就小肚子一扁,一使劲,"哧"地一声,将它们吸了回去,不留一点痕迹。有时,老师对他说:"你还能不能管住你的那两道鼻涕?"三鼻涕无法回答。那两道鼻涕仿佛是两个有生命的并且很淘气的小活物,它们总是在观察着自己的主人,只要主人一走开,它们就会跑出门外,看看外面的世界,而主人一回来,它们就又赶紧溜回去,你说三鼻涕到底是管住了它们还是没有管住它们?

三鼻涕仰望着树上的细米,仿佛细米就是那条大河,就是那条载着女知青的大船。直到脖子酸了,他也没有听到细米的回答,便又追问了一句:"看到了吗?"

细米歪头看了他一眼,说:"看到了也不告诉你。"

三鼻涕有点生气,捡起地上一块小瓦片要朝树上砸去。而当他看到细米瞪着眼睛、在用神情对他说"你敢"时,手一松,将瓦片丢在了地上,说了句既无奈又很可笑的话:"那你要告诉谁呀?"

不远处站着另一个女孩琴子。她看了一眼红藕说:"告诉红藕呀。"说完,既不看看红藕的脸色,也不看看红藕是否追了过来,就赶紧一头钻进了人缝里逃跑了。

于是十几个男孩和女孩好像早约好了似的,男孩一起喊:"细米!"女孩就立即呼应:"红藕!"

"细米!""红藕!""细米!""红藕!"……

喊声此起彼落。

树上的细米红着脸,他真想一拉裤带,朝树下那个喊得最凶的男孩嘴里滋泡尿。他的尿是尿得又准又狠的,对于这一点,他心中有数。但当着那么多人的面,尤其是想到还有那么多女孩在场,他又不能照他这一恶恶的念头去做。他惟一能做的,就是装着没听见,硬坐在横枝上不吭声。

终于有一个大人受不了这群孩子的聒噪,大发一声:"别嚷嚷了!"才算将喊声平息了下去。

不知是等乏了,等得没有兴致了,还是从路途的长远算出大船回来还要有一些时候,河边上的人群有点松弛下来,一些人先回家了,留在河边上的也就看着,不再大声说话了。那些孩子倒都没有走开,在各自选择的位置站好、坐好,仿佛在一个硕大无朋的剧场里等待着一场大戏的开幕。

"不告诉我拉倒!"三鼻涕说,趁人稀,及时地挤到前面去了。

有片刻工夫,细米不再在心里惦记大河尽头将要出现的大船。他安静地坐在横枝上,观望着春天阳光下的稻香渡——

春天的雨水多,地里又不太需要水,太阳还没有多大蒸发水汽的力量,大河变得十分开阔与饱满。此刻,只有一丝小风轻轻地吹过,河面上起了细密的波纹,仿佛有成千上万条银色的小鱼游到了水面上。阳光下的草屋与瓦房,既有规则又无规则地排列着,散落着,宁静地勾画出一个既紧凑又稀松的村落。一条不大不小的河从大河分出,流过村后,河那边是稻香渡中学。细米是校长的儿子,他的家就在校园里。细米看到了稻香渡中学的旗杆与红旗,还看到了院子里的妈妈与他的小狗翘翘。细米什么都看到了:两岸的麦田、水塘边啃草的牛、停在小河里的船、慢悠悠旋转着的风车、在地里觅食的各种颜色的鸽子、东一簇西一簇的芦苇和菖蒲、河滩上的坟场、几户人家的炊烟……稻香渡有的是景色。此时,这些景色都笼罩在一片静谧的氛围之中,仿佛在耐心地等待着什么。

忽地有人大声喊:"看哪,船回来啦!"

这一声喊过后,看到大河的与没有看到大河的都盲目地跟着喊:"船回来啦!"

喊声如潮,将那些暂时回家的人统统喊了出来,村巷里一片喊声,一片"吃通吃通"的脚步声,其间夹杂着狗吠声,人们都朝河边跑来。

站在前边的人,起初以为自己一下没有看清大河尽头的景象,听众人都喊"船回来啦",心里有些疑惑,但又没有把握确定是否真有船,也就跟着喊,等入神看了又看终于没有见到船的影子后,才疑惑地问:"哪儿有船呀?"

"哪儿有船呀?"

"哪儿有船呀?"

数不清的大人与小孩不看大河的尽头,却都在互相望着问,仿佛对方的脸才是那条大河。

"没有船……"细米在那根横枝上站了起来,起初是犹犹豫豫地说,随即对下面的人喊,"根本没有船!"

"谁说看到船啦?"有人问。

"谁说看到船啦?"无数的被戏弄了的人,很生气地追问。

空中响起一阵粗野的、带了几分恶毒的笑声。这笑声是捏着嗓子发出的:"哈哈哈,哈哈哈……"

在靠河边的一幢高高的瓦房的房顶上站着小七子。

地上的人看小七子时,看见了一片一片春天的云正从他身后白马般地跑过。

小七子光头,穿着一件松松垮垮的长裤,上身却光溜溜的没有一丝布。一根宽宽的皮带,紧紧地勒在腰上,勒出一个圆溜溜的肚皮。皮带有点长,余出的一截,就耷拉在那里,更将小七子装点得吊儿郎当。

人们望着小七子,谁也不说话。

瓦房主人先是呆在屋里的,觉得屋顶上有动静,就跑出门来,仰头看到了小七子,大声问:"小七子,你要干什么?"

小七子觉得瓦房的主人问得有点奇怪:"干什么? 能干什么? 看船!"

"你下来!"

"我为什么要下来?"小七子在屋顶上坐下了,还将两腿尽量撇开,摆出一副很舒坦的样子。

瓦房主人操起一块砖,朝房顶上威胁道:"你下来不下来?"

瓦房主人是个杀猪的,也许是稻香渡惟一的一个能使小七子感到惧怕的人。小七子站了起来,但还是没有显示出他要从瓦房顶上下来的样子。

瓦房主人身子向后一仰,随即向前一倾,将一块整砖朝小七子砸去。

人群"哇"了一声,这一声里有吃惊,又有痛快。

小七子一闪腰,躲过了那块砖。

　　砖坠落到了瓦房顶的那边,砸在瓦上,就听见一声清脆的瓦的粉碎声,随即又听到了砖头在瓦上向下滚动的骨碌声。

　　在瓦房主人的感觉里,这砖仿佛是从他心头上锐利地滚过。他指着小七子,一时说不出话来。

　　小七子仔细地察看了一下,掉过头来说:"一共碎了五片瓦。"他对众人说,"这怪不得我。"

　　瓦房主人说:"你等着,我拿鱼叉叉穿了你!"说罢,冲进院子。

　　小七子背过身去,解开裤子。

　　地上的人们看到了两瓣白得耀眼的屁股,随即又看到了一股细流从小七子的裤裆里流泻出来。

　　女孩子们纷纷低下头或转过脸去。

　　当瓦房主人抓着一杆长长的鱼叉跑出院门时,小七子已跳到挨着房子堆放的一个草垛上,旋即就没人影了。

　　瓦房主人不管眼前有没有小七子,将鱼叉固执地瞄在空中,仿佛有一条鱼会忽然地从半空中出现似的。

　　人们的注意力又回到了大河上。他们看看天上的太阳,相信大船马上就要出现了。

　　不知是什么时候,已被人暂时忘记了的小七子又在人群的背后悄然无声地出现了。凡看到他的人,都远远地躲着他。这使小七子很恼火,他往地上吐唾沫,心里在骂人。

　　几只喜鹊从河这边飞到河那边,又从河那边飞到河这边,在大河的上空留下了一串"喳喳"声。

　　细米仿佛有了一种预感,将眼睛睁大了朝大河的尽头看……

　　细米忽然叫了起来:"船!"他忘了自己是在树上,抓住树枝的手松开了,朝大河尽头指去,差点从树上跌落下来。

孩子的眼睛比大人尖,随后,有四五个孩子同时看到了船——尽管它显得那么小,那么模糊。

一叶白帆渐渐地明朗起来,并且越来越大。

"船回来了!""船回来了!"……河岸上挤满了人,但却就这一句话。

孩子们比大人更要兴奋,因为,这些女知青将要一个一个地被分到一户户人家——他们家将拥有一个从苏州城里来的女孩儿。当然,他们一个个也有点忐忑不安。因为,不可能每家每户都能分到。

从昨天晚上开始,细米就在想:我们家能分得一个吗?他觉得,他家是最有条件分得一个的,因为他家有富余的房子,再说,爸爸的学校也有一间空着的宿舍。但,细米还是有点不太放心。他真的很希望他家能分得一个。他也说不清楚自己为什么会这样希望。

三鼻涕在河边蹦跳着:"来啦! 来啦!"

细米想:你高兴什么? 冲你的鼻涕,也不会分你家的。

翘翘不知什么时候跑来了。它先是将爪子搭在树干上冲细米叫,见细米不怎么理会它,就跑到水边上去了。见那群孩子欢叫,它也冲着正在往这里驶来的大船叫起来。

能隐隐约约地看见大船上的人了,孩子们开始欢腾起来。

小七子一直没有挤到前头,他似乎也不怎么想挤到前头。当前面的欢声笑语传到他耳朵里时,他心里很烦躁,甚至很恼火。

一个叫树窗的男孩正在结结实实的人墙背后很用力地往前挤着,但挤了半天,也没有挤开一道缝隙。

　　小七子一直在一旁看着树窗。他觉得树窗像一头欲要钻进猪栏但无奈被紧关着的猪栏挡住了的猪。

　　树窗又一次撞击着人墙，但他的力气实在太虚弱了，被人墙弹了回来。

　　小七子笑了。

　　树窗回头看了一眼小七子，便走开，到另一处撞击人墙去了。

　　小七子开始往一条巷子里后退——后退了足足有五十米远。当他看到树窗准备再一次撞击人墙时，突然发动自己的双腿，然后开始不住地加速，就在树窗撞到人墙的那一刹那，他猛烈地撞在了树窗的后背上，随着树窗的一声尖叫，人墙向前扑去。一层压一层，犹如后浪推前浪奔涌向前……

　　细米朝红藕大声喊着："抱住树！"

　　红藕在汹涌的人流中死死地抱住了树。她看到许多人留不住脚步，从她身边滑过，向前扑去。

　　细米很快就看到站在最前面的人，"哗啦啦"倒下去一片，掉进大河，激起一团团水花。

　　一些小小孩落进水中，呛了几口水，挣扎出水面，胡乱地挥舞着双手。

　　幸好到处是大人，随即跳进水中许多，将这些小小孩一个个拉回岸上。

　　岸边一片哭爹叫娘声。

　　三鼻涕也被挤落水中，自己爬上岸来后，发现少了一只鞋，叫着："鞋子！鞋子！我的鞋子！"

　　一只黑色的、鞋头已有了一个窟窿的鞋，正像一只丑陋的小鸭在水面上漂着。

　　三鼻涕拎着另一只湿鞋，在水边上追赶着："鞋子！鞋子！我的鞋子！"

细米坐在横枝上，学着三鼻涕的声音："鞋子！鞋子！我的鞋子！"

人群"轰"的一声笑了。

许多人开始追问刚才是谁从后面猛烈地推了人墙，很快追到了树窗的头上。

树窗指着小七子："是他推的我！"

小七子说："谁看见啦？谁证明？"

树窗的母亲走过来，拉起了树窗："你不能离他远点？"

树窗说："我没有挨着他，是他撞了我！"

树窗的母亲看了一眼小七子，十分厌恶地小声说了一句："万人嫌！"然后抓住树窗的胳膊，将他远远地拉到一边。

很多人都掉过头来瞥了小七子一眼，谁也不理会他。

三鼻涕的鞋子渐渐漂远了。

三鼻涕不屈不挠地叫着："鞋子！鞋子！我的鞋子！"

但他的声音很快被欢迎的锣鼓声淹没了——大船已十分清晰地驶进了稻香渡人的视野。

一叶巨大的白帆正在风中颤动，将明亮的阳光反射到岸边的树上、房子上和人的脸上。

当大船距离水码头还有五十米远的时候，当船上的女孩儿已一个一个被看清楚之后，不知为什么，稻香渡的人全部被眼前的情景镇住了。于是鼓槌停住了，锣也不敲了，"唧唧喳喳"的说话声也消失了，剩下的也就只有一片寂静。

所有的人都定定地杵在自己的位置上，谁也不再挤谁，各种姿态全都凝固在了岸边——十几个女孩儿，有的坐在船头上，有的坐在船棚顶上，有的站在船的尾部，还有两个互相倚着站在大帆下。不同的姿态，也都好像凝固在了大船上。

只有船在动,船头发出"泼剌泼剌"的水响。

稻香渡很少有人见过长成这样的女孩儿。她们的形体、服饰、面容、肤色与姿态,皆与岸上的稻香渡人形成鲜明的对比。她们优雅而美丽,带着城市少女特有的文静、安恬、害羞与一种让人怜爱的柔弱。她们有几许兴奋,又有一番怯生生的样子,仿佛一群长飞的鸽子因要在半途中觅食而落在了一片陌生的田野上,让人有一种只要一有动静,它们就会立即飞掉的感觉。

同样是麦子,但却是另一种麦子;同样是稻子,但却是另一种稻子;同样是人,但却是另一种人。

对于乡下人来说,她们仿佛来自天国。

其中一位,用一块红手帕绾着一束乌黑的头发,好像是她们中间年龄最小的。

无数的喜鹊在大河上空飞来飞去,稻香渡的老人事后说,从来没有见过这么多喜鹊。

翘翘站在水边,呆头呆脑地望着大船。

船推着水,船头"噗噗噗"地跳着水花。风吹过帆索的"呜呜"声也都能听得真真切切。岸上的人还听到从船上传来的歌声——有两个女孩在低声唱歌,用的是另样的腔调,稻香渡人所不熟悉的腔调,很动人的腔调。

三鼻涕已不再去追他的鞋子。他提着另一只鞋,傻呆呆地站在水边。大船推起的波浪不时将他的双脚淹没。

白帆几乎就要遮蔽人们的视野。

就在这寂静之中,空中响起清脆的"哒哒"声——大帆落下了。

一直在掌舵的毛胡子队长大声吼叫:"一个个愣着干什么? 锣鼓! 鞭炮!"

2

于是,锣鼓敲响了,鞭炮炸响了,细米家的狗也吠开了。

河岸上一片骚动。

船头上,一个大汉叫着:"闪开!闪开!"抓着缆绳跳到码头上,然后像牵住牛鼻子的放牛人一般,将还在向前滑行的大船紧紧牵住,直到它的身体慢慢地贴靠在码头上。

这回是大船安静了,其余的一切却都动弹起来。

细米在树上呆不住了,双手抓住横枝,身体垂落下来,摆动了几下之后,很飘逸地就落到了地上。

跳板搭好,女孩儿们开始下船了。

人群像被一股风吹着似的,自动闪开了一条道。

女孩儿们个个都很精神,在稻香渡男女老少朴素而热情的目光下,羞涩地微笑着。她们在通过跳板时,都有点紧张,但一走过跳板、踏上码头的石阶时,又变得身体轻盈。比起差不多大岁数的稻香渡的姑娘们,她们的身体似乎有更好的弹性与灵活性。

人们纷纷上船帮她们往岸上搬运行李,为了让跳板空出来留给女孩儿们走,他们许多人涉水爬上船,拿了行李,又涉水上岸。

那个绾着红手帕的女孩儿等所有的女孩儿都上了岸,还独自站在船头上。她双手抓住一只皮箱,她的双腿几乎被皮箱挡住了,只露出一双脚来。或许是她的胳膊本来就长,或许是那皮箱可能有点分量将她的胳膊拉长了,总而言之,她的胳膊显得长长的。

她有点胆怯地望着这块只有五六寸宽的跳板,不敢将脚踏上去。

不知为什么,人们都看着她,忘了上去帮她拿过皮箱再将她搀上岸来。仿佛倒希望她永远就这副模样站在船头上,让他们就这样静静地看着。

细米一直站在浅水里。从大船靠岸的那一刻起,他就在那儿一动不动地站着。他呆呆的、傻傻的、清澈的、充满好奇同时又显得很灵动的目光,虽然也不时地看看这个女孩儿再看看那个女孩儿,但大多数时间里,他在看缩着红手帕的女孩儿。不知为什么,每当他看到她时,心中就会生长出羞涩,并很快映到脸上。他觉得自己在看她时,是属于那种"偷偷看"的看。他有一种模模糊糊的奇怪感觉:他似乎在哪儿见过她。

还是没有人过去帮她拿过皮箱。

她转动着头,她的目光好像在这陌生的天空下寻找什么。

她看到了细米,不知为什么,她游移的、飘忽的目光就在他那张脸上轻轻停住了。她一时忘记了自己的处境,只想着:这是一个长得很好看的小男孩。

她也模模糊糊地觉得自己好像在哪儿见过他。

毛胡子队长在岸上问:"都上来了吧?都上来了吧?"

有人回答:"还有一个。"

但依然没有一个人过去帮她拿过皮箱。

毛胡子队长说:"胆放大一点,上来吧。"

她看了看跳板,依然没有将脚踏上去。她又转过头来,看着细米。

翘翘突然"汪"地叫唤了一声,并朝大船跑去。它立直了身子,将双爪搭在跳板上,歪着脑袋看了一会儿她,又转身跑向细米。

细米忽然从她的目光里听到了一种呼唤,下意识地挪动脚步朝大船走去。走了几步,他便开始跑动,并且越跑越快,溅起一路水花。

她就一直看着他跑过来。

他站到了船边,气喘吁吁地仰脸望着她,然后伸过双手要抱起她手中的那只皮箱。

她微微弯下腰,用眼睛问他:你能行吗?

他点点头。

她蹲下,将皮箱交给了他。

他抱住了皮箱。大概是他错误地估计了皮箱的重量,或是因为皮箱太滑的缘故,要不就是他们的交接有点问题,她刚一松手,皮箱便从他的胳膊里滑脱出去,落进了水中。

岸上不少人"呀"了一声。

他连忙去抓那箱子,但脚底下一滑,身体先失去了平衡,歪倒在水中。

等他站稳时,小七子"咯咯咯"地大笑起来。

皮箱已经漂出去一丈远了。

他连忙朝皮箱游去。

翘翘摇了摇尾巴,也纵身一跃,朝皮箱游去。

皮箱在水上漂着,很像一只船。

他抓住了箱把,将它拉了回来,等能站稳时,他将它用力举起,然后将它顶在头上,一步一步,稳稳当当地走上了岸。

他回头看着她,目光在说:没事的,走上来吧。

她就走上了跳板。

他顶着皮箱,一级一级地攀登着台阶。潮湿的衣服在"啪嗒啪嗒"地滴水。

她踏着他潮湿的脚印,跟在他后面。

三鼻涕跑下来,想给他帮忙,他一脚将三鼻涕踢开了。

她回到了女孩儿们当中。

但,他却还将皮箱顶在自己头上。

红藕提醒他:"将皮箱还给人家呀。"

细米这才想起将皮箱放到她跟前。

她朝细米笑了笑。

随即,细米转身走到了大人的身后。

稻香渡的人将这些女孩儿围在了当中。

老人们议论着:"人家城里姑娘美得!""一个个嫩葱似的。""白得像面捏的。""脸蛋儿也好看。"……乡下人最喜欢去品评人的长相,尤其是老人们。他们又格外喜欢品评孩子与大姑娘、大小伙子。

女孩儿们虽然不能听懂这里的老人们的话,但她们知道老人们在品评她们,便一个个显得有点害臊。

村东头的丁大奶奶,几乎要将脸靠到女孩儿们的脸上,眯着昏花的老眼打量着她们。她用黑黑的、瘦骨嶙峋的手抓住绾红手帕的女孩儿的手,正过来反过去地反复看着。后来,她将绾红手帕的女孩儿的一只手放在左手上,然后用右手抚摸着:"瞧瞧这手!……"

细米扭脸很厌恶地瞪着丁大奶奶。

丁大奶奶看到了细米:"小子,长大了娶媳妇,就娶一个长了这么一双手的姑娘。"

细米掉头,藏到了许多大人的背后。

老人们笑起来。

绾红手帕的女孩儿笑着,扭头看着细米用劲钻进人堆里。

红藕将一双手藏到了身后,然后用左手悄悄摸了摸右手,又用右手悄悄摸了摸左手。

　　毛胡子队长站在一个石墩上,大声叫道:"别说话了! ……现在,我要把她们分到各家去。下面我念名单,念到谁,谁就走出来。周阿三! ……"

　　人群里走出周阿三。

　　毛胡子队长转向女孩儿们:"苏婷婷,你住到周阿三家。"

　　"李树根!"

　　走出了李树根。

　　"柳晓月,你住到李树根家。"

　　"邱月富!"

　　"在这儿。"

　　"草凝,你住到邱月富家。"

　　……

　　随着女孩儿们一个一个被叫出,细米的心像被一只手握着在慢慢地攥紧。透过偶尔漏出的人群的缝隙,他看到了绾红手帕的女孩儿仍然站在原来的位置上。

　　随着女孩儿们一个一个地从她身边离去,她似乎显得有点孤单起来。她开始不时地转着头,又是一副寻找什么的神态——事实上,当大船一靠码头以后,她就经常露出这样的神态。

　　红藕家也领得了一个女孩儿。她正高兴地与那个女孩儿手拉着手走到一边去。

　　细米背对着人群的中央,在人群中蹲了下去。

　　翘翘也蹲了下去,但却不住地朝人群中间张望着。

　　毛胡子队长还在大声叫着人名:"周金奎!"

　　"来啦!"

"韩巴琴,你住到周金奎家。"

……

细米禁不住扭头看了一眼,看见人群中央的女孩儿们只剩下两三个了。他用双手捂住了自己的耳朵。当他再度扭过头来看时,发现就只剩下绾红手帕的女孩儿了。他歪头看着,双手仍然紧紧地捂住双耳,像是一个孩子在躲避离他不远的爆竹声。

毛胡子队长不再叫人的名字了,就将绾红手帕的女孩儿独自一人留在那儿,在清点小本子上的名单。

那些家里没有分到女孩儿的孩子们,或是爬在树上,或是挤到人群的中央,一个个脸上都是企盼与紧张。

毛胡子队长与几个人嘀嘀咕咕地合计了一会儿,用手指敲了敲小本子,转而冲着人群:

"朱黑子!"

无人应答。

"朱黑子!"

三鼻涕从一个草垛顶上跳了下来,在地上摔了一个跟头之后,爬起来,大声回答:"在这儿!"

毛胡子队长看了一眼三鼻涕,没有理会,依然大声喊:"朱黑子!"

三鼻涕说:"我爸抓鱼去了!"

"那你代你老子。"

"梅纹!"

绾红手帕的女孩儿抬起头,望着毛胡子队长。

毛胡子队长对她说:"你跟这个孩子去他家。"

人群稀落下来,已没有多少人再挡住细米与她。

三鼻涕高兴地在地上蹦了蹦,扔掉了手中的另一只鞋,朝那些还站在那儿等待的孩子得意地笑了笑,然后,大摇大摆地朝那个叫梅纹的女孩儿的皮箱走去。

就当三鼻涕的手马上要碰到地上的皮箱时,细米突然从地上弹起,转而冲过去,推开三鼻涕,一把抓住了皮箱的箱把。

三鼻涕说:"她分到我家了!"

毛胡子队长说:"三鼻涕,还不快领着人家回去!"

细米这才意识到自己的荒唐,将手松开了,低着头退到一边,他觉得眼泪马上就要冲了出来,赶紧走向一个草垛。在这段距离里,他使劲将眼泪憋了回去。

梅纹一直看着细米的背影。

翘翘一直跟着细米,不时地回过头看看。

细米走到草垛下,掉过头来时,看到梅纹无奈而歉意地朝他微笑着。

三鼻涕拎起了皮箱。

梅纹将一只胳膊放在三鼻涕的肩上,又看了一眼细米,便和三鼻涕一道往三鼻涕家所在的那个村巷的巷口走去。

细米站在草垛下。他什么感觉也没有,直到梅纹走进巷口、停住脚步又回头向他看了一眼时,心里这才感到无比的失落与悲哀。

人已全部散去,河岸上就只剩下细米和他的狗。不久前还人声鼎沸的河岸,此刻已鸦雀无声。

太阳西坠,天色渐渐暗淡。来自远处的放鸭人,撑着小船,正赶着鸭群,缓慢地但却不停顿地行进在大河上。已经吃饱了小鱼小虾或是螺蛳的鸭们,也已无心再顾及新见的食物,与主人的心思一样,只顾往远处的家游去。通往村子的路上,放牛人、放羊人也正在赶着牛赶着羊,不紧不慢地往各自的牛栏与羊圈走。

河岸边，那只空船无声无息地随着水波的起落而起落，好像热闹了一天，此刻有点困倦了。

已有人家的烟囱里冒出炊烟，随风飘到了大河的上空。

细米心情落寞，将两只手插在裤兜里，开始往家走。肚子饿扁了，裤子有点往下掉，裤管耷拉在脚面上。鞋壳里因灌了水，每走一步，都要发出"叭唧"一声。

"叭唧"、"叭唧"……黄昏里，这空洞而单调的声音，在晚饭前的安静里，向村巷里传播着……

3

这顿晚饭，细米是心不在焉地吃完的，那饭菜仿佛不是吃到了他的嘴里，而是拨拉到了一个与他毫不相干的地方。爸爸妈妈都吃完很久了，他还没丢碗。

女教师林秀穗进屋来向细米的妈妈借什么东西，见了细米，对细米的妈妈说："细米好像有什么心事。"

妈妈说："从河边上回家后，就一直这样。"

林秀穗问："细米，你怎么啦？"

细米拨拉着碗里的饭，不作回答。

妈妈说："长耳朵了吗？林老师问你哪！"

细米将碗向桌子中间猛一推："我没有什么，我没有什么……"眼睛里却憋不住滚出泪来，随即，用手背擦着眼泪，一边向里屋走去，一边嘴里还在很生气地说着，"我没有什么，我没有什么……"

妈妈望着他走进里屋，疑惑地看着林秀穗："这死孩子今天怎么了？"

林秀穗摇摇头——她也不明白。

细米进了里屋，从书包里掏出文具盒打开，取出一把刻刀，对着桌子，毫不珍惜地刻将起来，一刀一刀，都狠狠的，随着"咔嚓咔嚓"的声音，桌面上很快就泛起一堆看上去很新鲜的木屑。

妈妈进来了，见细米在刻桌子，指着他道："昨天才打过你，怎么又忘了？"

细米不理会妈妈，继续刻。

妈妈跑过来，一把夺过细米手中的刻刀，随即将它扔到窗外的草丛里："刻！刻！刻不死你！"

细米叫着："就刻！就刻！"一边叫着，一边流着泪往门外跑去。

妈妈心疼地看着那张为细米学习特地准备下的桌子——那上面已没有多少好地方了，几乎到处都被细米用刀刻过。她叹息了一声："这孩子不知得什么病了，一天不刻东西，就一天手痒痒，照这样刻下去，总有一天要刻到人身上。"

妈妈心里生着气，但目光还是禁不住地被桌上刻着的那些图像吸引住了。那上面有鸡，有鸭，有山羊与驴子；有燕子，有鸽子，有乌鸦与鹤；有大人，有小孩，有男人与女人。所有这些形象，都很杂乱地混在一起。有一阵，妈妈看着这些图像，竟然忘记了生气——妈妈已经多次这样了。当然，妈妈最后还是生气，生很大的气。

细米跑到了院门口。他百无聊赖地倚在门框上，抬头望着一牙月亮。要是在往常，他饭后最喜欢做的一件事就是跑到后面的村子里去找三鼻涕他们在村巷里打架或做各种各样的游戏。但今天，他没有这个心情。他觉得今天的月亮也很淡漠，看了一阵，就不再看了。他的手在院墙上摸索着。墙上有一块活动的砖头，他将它取下，伸手进去，一下就取出一把刻刀来。他到处藏着刻刀，各种各样的刻刀。猫洞里，门头上，褥子底下，教室的课桌里……到处都有他的刻刀。他到底有多少刻刀，连他自己都搞不清楚。由于藏的地方太多，有一些他都忘了，突然有一天，他会想起来，心里就会很高兴。妈妈扔了他许多刻刀，单往河里就扔过四五把。

他举起刻刀在月光下看了看，觉得刀口不够亮，就在院门的石头台阶上磨起来。磨了一阵，觉得它可能已经足够锋利了，才住手。他又将刻刀举在月光下看了看，然后借着从屋里漏出的灯光，在院门上又刻起来——两扇院门上，已经有了许多图像了。他要将三鼻子刻在上面，要刻出他那两道长长的鼻涕。"咔嚓咔嚓"，木屑纷纷飘落下来。

妈妈站在门口："你怎么又刻啦?"转身跑回屋里。

细米知道，过不一会儿，妈妈就会拿一个笤帚疙瘩或一把鸡毛掸子或干脆就是根棍子跑过来。他立即将刀放回洞里，并迅捷将那块活动的砖头放回原处，转身跑掉了。

妈妈冲到院门口时，连细米的人影也没见着。她冲着夜色发狠："总有一天要把你的手砍掉!"

细米穿过门前的菜园，跳过一道栅栏，然后走过一片白杨树林，来到了荷塘边。

很快就要进入夏季，荷塘里已经长满了荷叶。

细米坐在荷塘边，将双脚浸泡在凉丝丝的水中。有小鱼过来吮他的脚趾头，他觉得很舒服，身体向后仰去，然后只用双臂撑在地上，任由小鱼们吮去。此刻，他忘记了白天的失落与悲哀，他甚至有要大声唱歌或喊叫歌谣的欲望——

亮月子呀，
　　　　亮堂堂呀，
　　　　我挽奶奶上茅缸呀，
　　　　茅缸上有个壁虎子呀，
　　　　摸了奶奶的瘪肚子呀……

　　他冲着月亮，仰天胡叫，并故意用了一种嘶哑的声音。他叫了一遍又一遍，声音越来越嘶哑。

　　在办公室里批改作业的老师或是正在宿舍里做些什么的老师，都被细米的喊叫声逗笑了。他们悄悄走到户外，都不去惊动他，只是听着。

　　细米越喊越兴奋，越喊越来劲，越喊越有节奏。喊到后来，他站了起来，像演戏似的，在荷塘边一边喊，还一边很夸张地做着动作。

　　林秀穗终于憋不住，"扑哧"一声笑了："细米，你在喊什么呀?"

　　细米的声音像本来正猛劲喷发的自来水突然被人关死了龙头，一下子安静下来。

　　细米再坐下来时，两道泪水已从鼻梁的两侧流淌下来……

4

　　第二天的稻香渡中学，继续着昨天的兴奋。从初一班到初三班，从老师到同学，所有的话题都与新来的女知青有关。

　　初一班的教室里，就一直未能平静下来。

　　只有细米一人，闷声不响地坐在课桌前。他不想干别的，只想在桌面上刻些什么，然而，同学们你一言我一语的说话声，总是干扰着他——他似乎也很想听到他们在说些什么。

"分到我们家的，她会吹口琴。"周大国说完，抓起一本书，当做口琴放在嘴边吹着，结果发出"噗噗"声，放屁似的，引得大家哄堂大笑。

红藕说："分到我们家的，她有好多好多、特别特别好看的发卡！"说完，从头上取下一支漂亮的发卡来，托在手掌上，"她送我的。"

女孩儿们就"呼啦"一下将红藕围住了："真好看哎。""让我戴一下。""也让我戴一下。"……

三鼻涕跳到凳子上："你们昨天都看见了，分到我们家的，是最漂亮最漂亮的。我妈说她像天仙。"他摇头晃脑，"她会唱歌，我听见啦！我妈也听见啦！我爸也听见啦！我姐……"他终于发现自己实在有点啰嗦，"我们全家都听见啦！当时，我……我都不敢吸鼻涕！……"

教室里又是一阵哄堂大笑。

细米掉头瞥了三鼻涕一眼。

三鼻涕朝细米洋洋得意地一仰脖子，然后跳到课桌上走来走去，他一脚踩到了桌子的边沿，桌子翻了，他被重重地摔在了地上。

细米看着他，然后很夸张地大笑起来。

三鼻涕爬起来，转过身去，朝细米拍了拍屁股上的灰，将灰"嘭"到了细米的脸上。然后回过头来，冲着细米说："这有什么呀！反正我们家分得了一个最漂亮最漂亮的！"说完，将双手背在身后，沿着课桌间的过道走来走去，并大声喊叫：

树上的叶子树上的花，
　　　　树上的叶子就是我的家。
　　　　风也吹，雷也打，
　　　　太阳落进大河我回家。
　　　　买一根针，买一团线，
　　　　买根红绳给我姐姐梳小辫。
　　　　小辫长，小辫短，
　　　　　我家姐姐是花一朵……

　　细米咬牙切齿地望着三鼻涕，心里说：三鼻涕，你等着！

　　中午放学后，细米第一个走出教室，不回家，却急急忙忙朝校园外走去……

　　过了一会儿，三鼻涕走过来了。

　　细米横躺在路上，将头枕在书包上，两腿交叉着，在中午的阳光下晒着，一副很慵懒的样子。

　　三鼻涕的脚步声渐渐近了。

　　细米犹如一只晒翅膀的大鸟，突然将双臂展开，望着太阳喊叫起来：

　　　　树上的叶子树上的花，
　　　　树上的叶子就是我的家。
　　　　风也吹，雷也打，
　　　　太阳落进大河我回家。
　　　　买一根针，买一团线，
　　　　买根红绳给我姐姐梳小辫。
　　　　小辫长，小辫短，
　　　　我家姐姐是花一朵……

三鼻涕说:"这是我念的。"

细米依然躺在那儿:"我就不可再念吗?"

三鼻涕说:"反正我已经念过了。"

往常,三鼻涕在细米面前几乎就是一个跟屁虫,但现在的三鼻涕已牛得不像话了,根本不将细米放在眼里了。三鼻涕的牛气冲天,让细米非常恼火。他躺在那儿动也不动,像个死人。

"我要走路。"三鼻涕说。

细米闭起双眼。

"我要走路!"

细米打起呼噜,并且越打越响。

三鼻涕轻声说了一句:"好狗不挡道。"说罢,纵身一跃,竟然从细米身上跳了过去。

细米立即坐起来,狠狠地读出三个字来:"三鼻涕!"

三鼻涕掉过头来,说:"杜细米,你听着! 从今以后,我再也不准你叫我三鼻涕,你必须叫我朱金根!"

"朱金根? 朱金根是谁?"

"我!"

细米站了起来:"臭三鼻涕!"

三鼻涕走过来,竟然朝细米挥起了拳头。

细米先是大吃一惊,随即,挑衅性地冲着三鼻涕:"你有种就把拳头打下来!"

三鼻涕面对着细米,举着拳头半天,却不敢落下。因思量着这拳头能不能落下,那两道鼻涕就又趁机跑了出来。

细米讥讽地笑了。

三鼻涕吸回鼻涕,不想与细米啰嗦,掉头要往家走,细米用脚使了一个绊儿,将他摔倒了。

三鼻涕骂了一句,从地上爬起来,一拳就砸在了细米的脸上。

细米正憋着想打架呢,一把揪住了三鼻涕一头的好头发,脚下一勾,像放倒一个草把一样,将三鼻涕又放倒在地上。

三鼻涕再度爬起来,再度挥拳,然后是被细米再度放倒,直到不想再爬起来。

"还打不打了?"细米甩了甩脑袋,抖落下一片汗珠,问。

三鼻涕稀软地躺在地上。

"不打,我就回家了。"说罢,细米拿起书包往回走,又大声喊叫起来:

树上的叶子树上的花,
树上的叶子就是我的家……

他听到后面有股风声,还没来得及转过身来,三鼻涕已"啊"地一声吼叫,一头撞在了他的腰上,他控制不住地向前扑去,随即"咕咚"一声被撞进了路边的大水塘里。书包飞起时,里面的书本也都飞了出来,落进水中。

细米冒出水面后,双手抓住塘边的芦苇,迅捷爬上岸来,与三鼻涕扭打了一阵,也将三鼻涕掀翻到水塘里。

后来,三鼻涕三次将细米推入或撞入水塘,而细米则五次将三鼻涕打落水塘。

细米从水塘里捞起书本,胡乱地装入书包后,对抓着芦苇还没有从水塘里爬上来的三鼻涕说:"你们家不就分了个女知青嘛,有什么了不起的!"

三鼻涕的回答有点可笑:"你们家有什么了不起的,你爸不就是校长吗?"

细米蹲下来,拍了拍三鼻涕潮湿的脑袋说:"我走了。"

"你走呗。"

"那我走了。"细米将还在不住滴水的书包往肩后一甩,朝家走去。他一边走,一边大声喊叫:

> 树上的叶子树上的花,
> 树上的叶子就是我的家。
> 风也吹,雷也打,
> 太阳落进大河我回家。
> 买一根针,买一团线,
> 买根红绳给我姐姐梳小辫。
> 小辫长,小辫短,
> 我家姐姐是花一朵……

三鼻涕看到一条小鱼从他眼前游过,将双手潜在水中跟着,然后突然一捧,水漏尽,那小鱼却留在了手中。听着细米的喊叫,他对手中蹦跳的小鱼说:"有什么了不起,是我早念过了的!"

5

一个星期之后的一天傍晚,细米站在田野上的一架风车的巨大转盘上,正在往粗硬的中轴上刻一组有关他班上同学的图像,翘翘从麦田斜刺里向他跑来。细米看到,它穿过麦地时,麦子"哗啦啦"分向两边,像是一条大鱼在浅水中急游而划破了水面。

翘翘"呼哧呼哧"地跑到了风车下,就一口咬住细米的裤管拼命往下拉。

"翘翘,你怎么啦?"

翘翘冲着家的方向大声汪汪。

"回家吧,回家吧,别嚷嚷了,我还要再刻一会儿呢。"

翘翘又咬住了细米的裤管,并且更加用力地撕扯着他。

"大概是妈妈要我回家了。"细米将一把刻刀藏在大转盘的一道缝隙里,只好跟着翘翘回了家。当他双手将院门推开时,他在门口定定地站住了:

在院子里那株很大的栀子树下,竟站着那个叫梅纹的女孩儿!

柔和的夕阳,正越过矮墙照进院子。当时,栀子树正开着一树的白花,还有许多绿色与白色相间的花骨朵像一支支小蜡烛很神气地竖在叶间。

她的肤色竟然与栀子花的颜色十分相似。

她的身边,放着那只曾被细米丢进大河的皮箱。

她微微踮起脚来,去闻一朵开了一半还有一半未开的栀子花。

妈妈先看到了细米,说:"我家细米回来了。"

梅纹掉过头来,望着细米,一点也不惊讶,朝他微笑。

细米一时手足无措,双手扶着门框,侧着身子,仅用一只眼睛看着院子里的情景。

妈妈说:"这孩子从来就害臊,怕见生人。"然后冲着细米,"进来! 没人吃你!"

细米磨磨蹭蹭地走进院子。

妈妈说:"三鼻涕他大哥打部队复员了,再过两三天就回到家了。他家那间空房是留给他大哥的。他大哥一回来,很快就要结婚了。三鼻涕他爸本来就不怎么乐意让人住。"她一指栅栏那边,"我家有空房,你爸学校也有空房,你爸学校的空房又大又好。队里,学校,都说好了,你梅纹姐姐算我们家人了,住你爸学校的空房,跟我们一起吃饭。这有多好,你也有个姐姐了,叫姐姐呀。"

细米却不叫。

妈妈说:"这孩子从小就不肯叫人。我去拿笤帚、抹布把那房间好好打扫一下。"说罢,进屋去了。

梅纹望着栀子花树,说:"这花,真好看。"

细米进屋拿了一把剪刀,搬了一张凳子出来。他站到凳子上,低头用眼神问梅纹:最喜欢哪一支?

梅纹用手指着深深藏在绿叶里的那一支。

细米将它很小心地剪下,交给了她。

她取下一支发卡,用两排细白的牙轻轻地咬住,等把栀子花在头发里插好,用左手暂且将它稳住,用右手从嘴里取卜发卡,然后将花与头发别在了一起。

妈妈站在门口看着。

梅纹问妈妈:"好看吗?"

妈妈说:"你怕是戴什么花都好看。"

细米会一辈子记住这个日子。

第二章　树上的叶子就是我的家

1

　　毛胡子队长说，这些女孩儿新来乍到，人生地不熟，暂且不用她们下地干活，多歇几天，以后有的是农活，受罪的日子、吃不消的日子还在后头呢，别看现在高高兴兴欢天喜地的，都是个新鲜劲儿，等过了这个劲儿，就该哭天抹泪的了，那地里的活，也是她们这些细皮嫩肉的女孩儿们干得的吗？

　　梅纹在细米母子俩的帮助下，早早就收拾出一个简洁、明亮而舒适的房间，一切都已停停当当的。现在闲着，梅纹就帮细米的妈妈干活。使稻香渡的老师们感到新奇的是，梅纹好像就是校长杜子渐家的，是细米的一个姐姐，只不过这个姐姐长久在外，现在回来了，略有生疏羞涩罢了。他们一桌四人吃饭，有说有笑，虽然因为口音一时互相还不能完全听懂对方的话，但，这没有太妨碍他们之间的交谈，相反，个别听不懂的词或一个句子，在经过仔细辨析而忽然明白之后，反而成为这家人的一大乐趣。

　　细米的妈妈除了烧自家的饭，还要帮稻香渡中学的老师们烧饭。吃饭时,都是在一个厨房与餐厅没有隔断的大屋里。有时饭菜一样,有时不一样。不一样时,也许就会有一两个老师夹了几筷子他们桌上的菜来到细米家的桌子,将菜放在细米的碗里,然后朝细米家的饭桌上瞧瞧,见了想吃的菜,也往自己碗里夹几筷,尝了尝,说:"好吃。"其他老师听到了这句话,就可能会同时走过来夹细米家饭桌上的菜,有时眨眼的工夫,细米家桌上就只剩下了空盘子空碗了。

梅纹觉得很有趣,笑着。这时,她的感觉俨然是杜子渐家的人。

梅纹帮着细米的妈妈择菜、洗菜、淘米、烧火、打扫院子,什么活都愿意干。她知道自己干得不好,但她愿意。细米的妈妈也愿意带着她干活,她不会的,细米的妈妈就教她。有时,她把活干错了,比如将干饭烧成了浓稠的稀饭,细米的妈妈就笑,仿佛这是件让她感到十分开心的事。当细米的妈妈在灶台上忙着,看到被灶膛里的火映红了脸的梅纹时,不知为什么,她就会停住手中的活,在一旁看着梅纹。这时,她的神情有点恍惚,思绪仿佛飘荡着。细米的妈妈还喜欢带着梅纹走出家门,去村里,去镇上。

当她们走在田埂上、河堤上或打谷场上时,都会有人掉过头来默默地望。

细米的妈妈叫梅纹时为"纹纹",梅纹喊细米的妈妈时为"师娘"——这是稻香渡中学的老师与学生们的叫法。

这天,妈妈和梅纹坐在院子里的栀子树下剥毛豆,妈妈说,梅纹听,说的全都是关于细米的事。

"这孩子,还不知道是一个什么样的孩子。怀他时,他不显山不露水,这周围的人都没有几个看出来我怀上他了。到快足月了,我还照样下地干活,身子不觉得有一点沉,心里常纳闷：我到底怀上了没有？肚子里也没有什么大动静。那年春天，我在蚕豆地里摘蚕豆，才摘了半篮子，就觉得肚子疼，心想，怕是夜里着凉了，就没有往这死孩子身上想，他就急了，在我肚子里拳打脚踢起来，疼得我一身冷汗，连忙往家走，还没走出那片蚕豆地，他就出来了，大白天的我不好意思叫人，怕叫得一堆人来，只好在蚕豆丛里躺下来，他就生在了蚕豆地里……"

梅纹不禁小声"哇"了一声，用手不住地轻轻拍打着胸口，神情惊讶而担忧。

妈妈笑了："没事。我用手拨开蚕豆苗，就见他又伸胳膊又蹬腿地躺在那儿，像只猫。"

"后来呢？"

"后来，林老师她们几个过来了。我抱着他，她们就换着我回了家，什么事也没有。头三天，这小东西不吵不闹，喝了奶就睡觉。就是醒来了，也不吵不闹。他爸说，这孩子是个安静型的，乖巧得很，日后好带。不曾想过了三天，他就不是他了，整天又哭又闹。白天还好一些，你抱着他，一个劲地颠呀抖的，他还能静一会儿，可到了夜里，你就是抱着他满屋子颠呀抖呀，他也还是哭，闭着眼睛哭，哭不死！不光闹得我们两个吃不消，把林老师她们也闹得不能睡安稳觉，可烦人了。我对他爸说，就做做名堂吧。他爸是个读书人，不大相信这些东西。可闹得他整夜不能睡觉，看看也想不出好办法来，他就一口气写了十几张纸，贴到村头，贴到路边的树上和靠路边的墙上……"

"那纸上写了些什么？"

"天皇皇，地皇皇，我家有个夜啼郎，过路君子念一遍，一觉睡到大天亮……"

梅纹觉得这实在有趣，就"咯咯咯"地笑起来。

"你还别说，过了两天，这小东西不哭了。晚上一遍奶，一觉睡去，直到天亮。"

细米回来了，但他把书包往院门里一扔，人影在门口一闪，就没有了。

妈妈说："过些天，你就知道了，这孩子太淘。真不知道这是一个什么孩子。六岁上，他拿了把雨伞爬到树上，然后把雨伞撑开往下跳，他以为伞会带着他慢慢往下落呢，结果'扑通'摔在地上，把一只胳膊摔断了。八岁那年夏天，他和朱金根在地头水塘里捉鱼，水深，捉不到鱼，他就让朱金根回家拿了把铁锹，把通往小河的缺口挖开了，结果把一大片稻田里的水都放干了。那田里是刚刚上的水，是稻子正要水的时候。毛胡子队长找到了学校，找到了他爸……三天两日，就有人找上门来。就这么淘，往死里淘。没有办法，就只有打，鸡毛掸子都打折好几把了。"

梅纹说："可不能打他。"

妈妈说："不打？三天不打，上房揭瓦。就这么打，他还不长记性呢。"

细米汗淋淋地回来了。

梅纹想想妈妈刚才说的，不禁朝细米笑起来。

细米有点不好意思，转过身去。这时，他看到了那道栅栏——那道栅栏不知是什么时候，被漆成了白色。

妈妈说："是你纹纹姐漆的。你爸学校装修，正好剩下一桶漆来。"

细米觉得这道白栅栏很好看。它把所有的一切都映亮了，菜园里的菜显得更绿，开在栅栏下的五颜六色的花显得色泽更加鲜艳。他甚至觉得天都因为这道白栅栏而显得更加蓝了。一道默默无闻的栅栏,经梅纹这么一漆,仿佛忽地有了生命,就这样被人注意起来。细米一动不动地站在那儿,眼睛里就只有这一道白栅栏。

"把书包拿回屋里!"直到妈妈大声说,细米才把目光从那道白栅栏上挪开。他拿起书包,在一脚跨进门里时,又掉过头来看了一眼白栅栏。

这里,妈妈和梅纹继续剥毛豆,继续说细米。剥得快差不多时,妈妈忽然想起什么事来,说:"你进屋吧,帮我看着他一点。他八成又拿刀在乱刻了。再刻下去,家里就没有一处好地方了。他那双手可贱了。"

梅纹就进屋去了。

2

细米果然又在那里刻什么——不是刻桌子,而是在桌子上刻一个木头疙瘩。听到脚步声,他以为是妈妈进来了,立即将它划拉到抽屉里,并顺手拿过一本早预备好了的课本看起来。

梅纹问:"你又在刻什么?"

细米听到是梅纹的声音,回过头来看了一眼,说:"我没有刻什么。"

"还没有刻什么,我都看到了。"梅纹走到细米跟前,"拿出来让我看看嘛。"

细米慢慢拉开抽屉,但没有完全拉开,只是拉开一道缝隙,然后将双手伸进去,身体尽量压向桌子,好不让梅纹看见抽屉里有些什么。他摸索了一会儿,从里面拿出了那个正在被他雕刻的木疙瘩。

这是一个看上去还没有什么形状的木疙瘩,但梅纹仔细看了之后,还是隐隐约约地看到了一个形象:一个小毛驴的面孔。

"是小毛驴吗?"她问。

"是三鼻涕家的小毛驴,不是毛桥桥家的小毛驴。"

"还分得这么仔细?"

"三鼻涕家的小毛驴才两岁,毛桥桥家的小毛驴都三岁了。"

"细米真不得了哇!"梅纹点着头,心里对眼前这个男孩的那份精细的感觉着实有点惊讶。

细米说:"眼睛、鼻子、耳朵、嘴巴,三鼻涕家的小毛驴与毛桥桥家的小毛驴全都是两样的。"

"你就用那样的刀刻的?"梅纹看着桌上的那把刻刀,问。

细米点点头:"削铅笔的刀,一个鸡蛋可以换两把呢。"

梅纹摇了摇头:"这刀可太差劲了。这本来就不是一把雕刻刀。雕刻刀是专门的。"

细米一点也不懂。他也从来没有见过什么雕刻刀。他的眼睛里满是迷惑。

"雕刻刀分很多种,方口刀、圆口刀,一种刀又有很多种型号,十把几十把呢。"

细米觉得自己的那把刀变得有点寒碜起来,就将它放回文具盒里。

梅纹说:"干什么,都应该有它专门的工具。就说木匠吧,如果他是一个好木匠就肯定离不开好工具。将眼凿成应该有的样子,将榫做成应该有的样子,那工具是将就不得的。一个能把活做得漂漂亮亮的木匠,都会有一整套的工具。那个不讲究工具,且没有几样工具,干起活来,就把那些工具将就着用的木匠,也算不得木匠。"

细米从未听到过这样的道理。这样的道理,爸爸不曾讲过,妈妈更不曾讲过,稻香渡的老师们也从未讲过。细米觉得这些道理很新鲜,就像黄瓜架上刚结出的毛刺刺的瓜纽纽那么新鲜。他听得很入神。除了用刀刻什么,他是很少有入神的时候的。他的心思总像是一头不安分的牛或一只不安分的羊,总惦记着到处乱跑、乱窜。

"有了应该有的工具,你心里想的,就会流到手上,再流到它上面,它就像自己会动似的,把东西做成你想要的样子——有时甚至做得比你心里想的还要好。"

细米很安静地听着。

梅纹看到了桌子上的图像,她的注意力一下子全跑到了这些图像上。一切都是简单的、稚拙的,但她却被这份简单与稚拙吸引着,她的眼睛里不时地闪着亮光。偶尔,她会看一眼细米,但很快又回到了图像上。她说不清楚为什么被这些图像吸引了,心里只是喜欢这些图像。她仿佛看见了鸽子的飞翔、公鸡在草垛上拍着翅膀、狗在追一个落荒而逃的孩子;她仿佛听见了鸭子游过柳丝下时的呷呷声、拴在树上的小毛驴的仰天长叫声。

她的目光在细米的小房间里游移着,从桌子到窗户的框子,到床头,到柜子,到椅背,到墙上的砖。正像妈妈说的,屋里已没有多少好地方了。但她喜欢看的,却正是被细米"糟蹋"了的地方——更确切地说,是那些地方所显露出的图像,虽然她也会不时地对那些好端端的但现已"伤痕累累"的家具有点心疼。

细米从梅纹的目光里感受到了什么,将抽屉全拉开了。

梅纹看到了满满一抽屉的"作品",她真是惊讶了。

细米拉开了另一只抽屉,同样,又是满满一抽屉的"作品"。

梅纹很是惊讶了。

接着,细米拉开了柜门,掀起了垂挂下的床单,打开了一只纸箱,梅纹看到柜子里、床下、纸箱中,到处都是细米的"作品"。

梅纹有点惊呆了。

细米兴奋得两眼闪闪发亮,脸红扑扑的像发烧。

这些"作品"有人,有物,有天上的,有地上的,有水中的,同样的简单,同样的稚拙,也同样地让梅纹充满兴趣,并同样有力地打动了她。她从这些作品里看到了细米眼中的世界——一个热闹非凡、千姿百态的世界。这个世界经一颗少年的心的过滤,而显得充满童趣,让人感到天真而可爱。

梅纹的目光有时会较长时间地落在一些"作品"上:

一只狗盘坐在树下,很眼馋但却又很无奈地朝大树上望着——大树上有一只猫,正在很舒服地吃着一条鱼,那鱼好像还在扇动着尾巴;

一座独木桥,一个男孩一只羊,都走到了桥中央,互不相让,正抵触着,男孩的身子已经失去平衡,而那只羊已有一只蹄子滑出了独木桥;

……

梅纹看到了一个中年妇女的形象:她胖胖的,围着围裙,鼓着腮帮子,瞪着眼睛,身子向前倾,高高地举着鸡毛掸。

细米用手一指:"我妈!"

梅纹看着看着,"扑哧"一声笑了。细米也跟着傻傻地笑起来。

"我要告诉你妈。"梅纹用手指在细米的脑门上点了一下。

"告诉她,我也不怕。谁让她打我啦?"

梅纹又去看,看了又止不住地笑。虽然,这尊小小的雕像很幼稚,很粗朴,根本谈不上什么艺术与刀法,只不过是一个孩子的纯粹的胡雕乱刻,但却十分的传神。等笑得没有劲了,她问:"还有吗?"

　　细米说:"还有。"

　　"还有呀?"

　　细米点点头,朝门外走去。他知道梅纹会跟随他而来。他不回头,领着梅纹走出屋子,走出院子,然后走过一排教室,再穿过一片小小的白杨树林,这时他们见到了稻香渡中学的那座方圆十八里都很有名气的办公室。

　　这座办公室原来是一座祠堂,是这一带最有名气的建筑。

　　细米依然没有回头,直往祠堂的背后走去——背后是一大片茂密的竹林,一直延伸到河边。不知是因为翠竹遮天蔽日使这里总显得阴沉沉的,还是因为一座古老建筑的背后总往往会使人感到流荡着一股森然之气,平常很少有人进入这片竹林。

　　细米好像也有一点点害怕,在竹林外稍微停留了一下之后,才探头探脑地走上了竹林与大墙之间的一条潮湿而阴暗的小道。

　　梅纹在竹林外迟疑着。

　　细米回过头来望着她,意思是说:没有事的,进来吧。

　　梅纹说:"这竹林里能有什么呀?"

　　细米不回答,只是望着那堵高墙。

　　梅纹感觉到那堵高墙上面好像有些什么,便大胆地走上了那条小道。很快,她就发现那大墙上被粉笔画满了的图画——满满一墙。她只觉得有一扇通往陌生世界的大门

"哗"地打开了,顿时看见了一片激动人心的情景。因为不能面对大墙后退,当她在一个有限的角度上朝大墙的那一端看去时,她有一种一望无际的感觉。她再仰头往上看,只见那些画一直画到了屋檐,有上接天穹的感觉。她一时来不及细察这些画,此刻,让她感到震惊的仅仅是这一番规模。

细米得意地说:"都是我画的。"

"都画的什么呀?"梅纹一时还看不明白。

细米又随手一指:"那是金老师呀,你还没有看出来?"

"金老师?嗯……有点像,有点像……还真是金老师。他怎么这副样子呀?"

"夏天,我们必须到教室睡午觉。可谁也不愿意睡午觉,金老师必须坐在讲台前看着我们。可是,每回他都是刚往椅子上一坐,自己先睡着了,还打呼噜,这个时候,我们就会一个一个地溜出教室……"

梅纹眼前的这幅画一下子变得十分清晰:金老师坐在椅子上,简直烂泥一摊,他的一只胳膊无力地垂挂着,另一只则软软地耷拉在椅背上,秃了顶的脑袋像被霜打了一般低垂在胸前——更准确地说,低垂到了肚皮上,几个贼头贼脑的男孩一边看着他,一边在蹑手蹑脚地往门外溜。

细米随手一指:"那是胡老师。"

"他在干什么呀?"

"在指挥我们唱歌。"

"那是打拍子吗?怎么好像是要打人呀?"

"他就是这样打拍子的。"

梅纹又指着其中的一幅:"那是什么意思?"

细米说:"篮球滚到池塘里了,我们班的田小奇一手抱着塘边的树,一手去够篮球,那是一棵小树,经不住他用力,连根起来了,'扑通',田小奇连人带树栽到了水塘里,班上的同学都笑倒了。"

"这一幅呢?"

"我们在捡麦穗。"

"这一幅呢?"

"这是红藕。她托着个大花篮,正在台上唱《南泥湾》呢。那回,她得了第一名。"

"这一幅呢?"

"刘树军又偷家里的鸡蛋换糖吃了,他爸爸追到了学校,撕着他的耳朵,把他揪出了教室。你看到了吧,他把手藏在背后,手里还有两块糖没来得及吃呢。他身后的这个是于大和,正悄悄地去接这两块糖呢。"

梅纹觉得每一幅画都很有意思,就一幅一幅地问下去。

"这是在做操……这是林老师在哭,那回她教的语文课,全班同学都考砸了,我爸爸骂她了……那天,我生病了,没能上学,我家翘翘跑进了教室,一声不响,蹲在了我的座位上,竖着两只耳朵,像是在听课呢……"

其中有一幅画,细米犹豫了一下,跳过了。

梅纹指出:"这一幅,你还没有说呢。"她看了看这幅画,没有看出什么意思。

细米还是想跳过这幅画,去说下一幅画。

"说说这幅画。"梅纹坚持着。

"那是小七子。小七子念了三个初三,最后不等他毕业,就被学校开除了。这是他在使坏,他尿尿尿得很高。"细米指了指天空,"他站在男厕所里,能把尿尿到墙那边的女厕所里。这个人特别讨厌,这是他在男厕所里,正往那边的女厕所尿尿呢……"

"这个人真是讨厌,我们不看他。"

"我说不看他的。"

继续看下去之后,梅纹渐渐觉得,整个稻香渡中学都浓缩在了这堵墙上。如果有谁想了解一所乡村中学,就请来看这堵高墙。

"这么高,上面的画怎么画的?"

细米钻进了竹林深处,随着一阵"沙沙"声,他又钻了回来:"你看呀。"

梅纹看到细米从竹林里拖出了一架梯子。

细米将梯子朝梅纹晃了晃,直抖下一片竹叶。后来,他又将梯子放回到了竹林深处。

梅纹从墙上画的颜色与清晰程度辨别出这些画似乎不是完成在一个时间里,便问:"你什么时候就在这墙上画画了?"

细米想了想,说:"我念小学三年级时,就开始在这墙上画了。"

"还有谁知道这墙上的画吗?"

"只有红藕知道。"

不远处,妈妈已在呼唤他们回去吃饭。

梅纹十分留恋地又看了看墙上的画,说:"这回该没有什么了吧。"

"还有。"

这回,梅纹是真正吃惊了:"还有呀?"

"不是画。"

"那是什么呀,我倒要看看。"

"现在不能看。"

"那要到什么时候?"

"等天黑。"

"那我今天晚上就要看。"

细米想了想:"那好吧。"

梅纹是将一只胳膊轻轻放在细米的肩上,一路走回家的。当时红霞满天,整个稻香渡中学都是橙色的。她转头去看五月黄昏里的乡野,心中充盈着柔和而温馨的美感。细米的浓密的黑发里,正在散发着一个野性的男孩所具有的有点发酸的汗味。她微微低下头,用力嗅了嗅。她觉得自己挺喜欢这种气息。她没有再与细米说什么。这个在乡野里自由自在地长大的男孩,使她感到新奇并感到迷惑,甚至感到不可思议。那些雕刻,那大墙上的画,总是闪现在她的脑海里。尽管这一切,后来看来也许根本算不上什么。但,它们就是打动了她、迷住了她。她隐隐约约地觉得,这些东西在向她预示着什么。她不知道怎么来认识与评判这个让她太意想不到的男孩了。她很想将这个男孩的一切仔细告诉父亲——父亲一定会帮她对这个男孩作出判断的。然而,一想到父亲,她又一下充满了伤感。

3

吃罢晚饭,细米给了梅纹一个诡秘的眼神,梅纹也回了细米一个诡秘的眼神,两人一前一后出了家门。

院门口,两人被正在校园里散步的老师遇上了。

林秀穗问:"细米,又要和你梅纹姐出去呀?"

细米不回答。

宁义夫说:"细米,可以带上我一个吗?"

细米也不理。

　　两人走出校园,穿过麦田、玉米地和一片树林,眼前就是一片苍苍茫茫的芦苇。

　　水湾边的一棵柳树上拴着一条小船,好像是细米早准备好了的。他先上了船,然后,召唤梅纹:"上来吧。"

　　"我们要去哪儿?"

　　细米一指芦荡深处:"去那儿!"

　　"去那儿干什么?"

　　"到那儿你就知道了。"

　　梅纹望着小船,不敢上去。

　　细米伸给她一只手。

　　梅纹紧紧抓住细米的手,才战战兢兢地上了船,其间因为小船晃动了一下,还尖叫了一声。

　　细米不住地说:"没事的,没事的……"

　　等梅纹坐稳,细米先用竹篙将小船推离岸边,然后,很熟练地摇橹,小船就在月光下,很流畅地朝芦苇荡驶去。

　　岸边出现了红藕。她"呼哧呼哧"地喘气,一时叫不出声来,只是朝远去的小船摇着手。

　　她是晚饭后来到细米家的,见了细米的妈妈就问:"舅妈,细米呢?"妈妈告诉她:"好像和他梅纹姐出去了。""去哪儿了?""不知道。"红藕转身跑出院子,大声喊:"细米!——"林秀穗说:"我知道他们去了哪儿。""去了哪儿?"林秀穗故意要急急红藕:"知道也不告诉你。""好林老师,告诉我嘛。"林秀穗这才说:"他们往芦苇荡那边去了。"

　　"细米!——"红藕摇着双手。

　　细米停住了橹,但小船还在向前滑行。

　　"细米!——"

　　小船慢慢停在了水面上。

梅纹说:"红藕叫呢,往回摇吧。"

细米回头望着朦朦胧胧的岸、朦朦胧胧的红藕,但没有掉转船头。

"细米!——"

梅纹催促道:"往回摇呀。"

细米就犹犹豫豫地摇起橹,掉转船头往岸边去。

红藕看不出小船是不是往回来了,依然在喊:"细米!——"

细米摇着摇着停住了。

"怎么不摇了?"梅纹问。

细米用力摇橹,但却是掉转了船头,继续朝着芦苇荡的方向。

"细米!——"红藕在岸上跳着,叫着。

"怎么又掉头了?不是要往岸边去的吗?"

细米只管摇橹,好半天才回答:"我已经带她看过了。"

红藕看着看着,小船越来越远,也越来越模糊,便在鼻子里"哼"了一声,很生气地在岸边坐下了。

小船行过,留下一条水道。水道外边的水是静的,水道上的水却很活泼地跳着,月光下,仿佛在小船的后边跟了一长溜鱼群。

梅纹只觉得有一种无边的安静。

细米说:"前面是个岛。岛上有一座瞭望塔,是秋天看火的。秋天芦苇黄了,容易着火,最怕的就是芦苇荡着火,火烧起来,天都染红了。"

梅纹已看到了夜幕下的瞭望塔。

船开始进入芦苇丛,空气变得更加阴凉起来。

船靠岸,人上岸。

细米领着梅纹来到瞭望塔下。

梅纹仰头一望,只见云彩在月亮旁匆匆走过,就觉得瞭望塔很高,并且在晃动,叫人晕眩。

细米也在望着这座塔。

梅纹问:"你带我到这儿来,就是让我看这座塔吗?"

细米摇摇头,走上了瞭望塔的台阶。

梅纹小心翼翼地跟着,担心地问:"它不会倒吗?"

"不会倒的。我常爬上去呢。"他一边登,一边数那台阶,"一、二、三……"

梅纹也在心里数着。

数到第十五级时,细米站住了,面朝月亮升起的方向:"你朝东边看。"

梅纹转过身去望着。

"你看见了吗?"

梅纹不吭声。

"你看见了吗?"

"水上……水上好像有条路,金色的,弯弯曲曲,曲曲弯弯,我怎么觉得像根绸子在飘呢……是水上还是空中呢?……是路吗?不是路,水上哪会有路?……飘呢,真的在飘,飘飘忽忽……让人有点眼花……这是怎么回事,我的眼睛真的花了……"

"一个月里,就是这几天才能看到,等月亮再升高一些,这路就短了,就不好看了。"细米说完,继续往上攀登,一边登,一边数台阶,"十六、十七、十八……"

梅纹扶着扶梯,还在痴迷地看着那条梦幻般的、童话世界里的水上金路。

细米数到第二十二级台阶停住了,低头招呼还停留在第十五级台阶上的梅纹:"你过来呀!"

梅纹一边往上走,一边还在痴痴迷迷地看东边水上的路。

"你朝西边看!"

梅纹听他的,就往西边看。

"看到了吗?"

梅纹摇摇头。

"仔细地看。"

梅纹听他的,就仔细地看。

"看到了吗? 看到了吗? 四周全是芦苇,中间是一片水,就是在那水上,蓝色的,淡蓝色的……"

"哦,看到了,看到了……整个水面上,星星点点,蓝色的,淡蓝色的,还在闪烁呢……"

"像眨眼睛,很多很多的眼睛……"

"还在跳跃呢,蓝色的,像小精灵似的,哇,好神秘哟!……怎么忽地没有了? 一片黑,就一片黑……"

"水面上起风了。过一会儿,你就又能看到的。"

"看到了,看到了,又看到了,很淡很淡,不用力看看不出来,蓝了,蓝了,好像是从水底里往上浮起来,越来越密集了,水面上像下雨。那是什么呀,细米?"

"我也不知道是什么。听爸爸说,是这里的一种草虾,到了夏天,夜晚的月光下,它就会浮到水面上,发亮,蓝蓝的。"

住在苏州城里的梅纹去过夜晚的太湖,但太湖没有这样的景色。她想象不出在这个世界上会有这样迷人的景色。她将两只手平放在扶梯上,将下巴放在手臂上,身体微微前倾,全神贯注地看着西方的水面。这个外表看上去很轻灵的女孩,其实有着很沉重的心思。差不多有一年时间,她见不到爸爸妈妈了。她不知道他们究竟被送到什么地方。只有此刻,她才是轻松而快乐的,甚至是陶醉、轻飘的。她从心底里感谢细米让她看到了如此令人难以忘怀的景色。

细米已登上了塔顶,他朝四周看了看,坐下了。他没有催促梅纹上来,他似乎在等待着什么。

月亮越升越高。是个好月亮,薄薄的一片,十分纯净。天空蓝得单纯,偶尔飘过云彩,衬得它更为单纯。天空与月亮,就像一块蓝色的绸子展开了,露出了一面镜子。

果真像细米说的那样,随着月亮的升高,东边的那条水上金路慢慢黯淡下来,并渐渐变短。它的生命好像十分短暂,在充分展现了它的华贵之后,也就到了它自己的尽头。

西边水面的蓝色碎星,也在黯淡下去——不是黯淡下去,而是月亮越来越亮,皎洁的月光将它们遮掩了。

好像是到时候了,细米站了起来,他朝东看,朝西看,朝北看,朝南看,朝四面八方看。他的眼睛在发亮。他轻轻召唤着梅纹:"上来吧,上来吧……"

梅纹登上了塔顶。

"你往那边看,别看水,看那边的芦苇。"

梅纹顺着细米手指的方向看去时,心里疑惑起来:"那边是在下雪吗?"

"不是的。"

但在梅纹的眼里,那里就是在下雪,淡淡的雪,朦朦胧胧的雪。可是夏季的夜空下怎么会有雪呢?但那分明就是雪呀。远远的,淡白色的雪花在飘落着。

细米告诉她:"这是芦花。"

正是芦花盛开的季节。芦荡万顷,直到天边。千枝万枝芦苇,都在它们的季节里开花了,一天比一天蓬勃,一天比一天白。硕大的、松软的芦花,简直是漫无边际地开放在天空下。此刻,月光所到之处,就有了"雪花"。月光越亮,"雪花"

就越亮，飞起的花絮，就像是轻飘飘的落雪。

月光才仅仅照到芦荡的边缘上，大部分芦苇还处在黑暗里。随着月亮的升高，被照亮的面积也在增大。增大的速度最初是缓慢的，但后来就加快了，并且越来越快。

细米说："你等着吧。"

月亮越爬越高，月光如潮水一般开始向万顷芦苇漫泻。"雪地"在扩大，一个劲儿地在扩大，并且越来越亮，真的是一个"白雪皑皑"了。

月光洒落到哪里，哪里就有了"雪"。

"雪地"就这样在夏天的夜空下永无止境地蔓延着。

梅纹直看得忘了自己，忘了一切。

起风时，"雪地"活了，起伏着，形成涌动的"雪"波、"雪"浪。而随着这样的涌动，空中就忽闪着一道道反射的银光，将整个世界搞得有点虚幻不定、扑朔迷离。

梅纹一直不说话，她只想这么看着。

月亮慢慢西去，夜风渐渐大起来，凉意漫上塔顶。随着月光的减弱，"雪地"也在变得灰暗。

细米说："我们该回家了。"

梅纹说："是该回家了。"她看了一眼正在消逝的"雪地"，跟着细米往塔下走去。

木板做成的台阶在"吱呀吱呀"地响着。

后来，就是橹的"吱呀吱呀"声。

梅纹面朝细米坐在船头上，细米朝岸的方向看，而她只朝他看。"这孩子感觉真好。"她在心里对自己说。

小船"哧溜哧溜"地在光滑的水面上朝岸边行进。

梅纹很认真地说："细米，你应当学美术。"

"没人教我。"

"我教呀。"

细米手中的橹停住了。

"不相信我呀？"

有风，船头开始偏向，细米连忙又摇起橹，将方向调好。

"过些天，你就知道啦。"梅纹说完这句话，就在心中思量着：过些日子，我得找校长和师娘谈谈，让他们将细米交给我；他们喜欢细米，但不一定认识他们的细米。

梅纹和细米上了岸，发现红藕居然还在——她在大树下睡着了。

梅纹急忙叫醒了她。

几个小时前，红藕看着小船远去，先是生气，后来想：我就在这儿等着。她坐在大树下，倚着树干，望着月亮，等着等着就睡着了。现在，她揉了揉眼睛，一时竟忘了自己在哪儿，又是为什么在大树下睡着的，直愣愣地看着梅纹和细米。

梅纹笑了。

红藕终于想起了睡着之前的事，就摇摇晃晃地站起来，接着生气。

梅纹搂着红藕的肩，一路走一路哄："以后，我们不理他了。"

细米呆呆地走在她们的后面……

4

梅纹还没有来得及向细米的爸爸妈妈说出自己的想法，细米就因为他的这份颖悟与爱好，犯了在爸爸妈妈看来——甚至是在全体稻香渡中学的老师们看来都不可饶恕的错误：他用他拙劣的刻刀，在祠堂的四根廊柱上，拙劣地乱刻了一通!

这是一个星期天,爸爸去镇上开校长会了,老师们都回家了,妈妈和梅纹去镇上赶集了,稻香渡中学空空落落的。

细米带着他的狗,在校园里漫无目标地溜达着。他来到荷塘边,捡起地上的石子,朝荷叶砸去,石子非常容易地就穿过荷叶,然后扎入水中,发出"咚"的一声清响。这使细米联想到在电影中看到的枪击。他一口气击穿了几十张荷叶后,觉得这种把戏有点乏味,就转移到学校用来演出的大土台上。他在上面自唱自演,无论是唱还是动作,都十分夸张。陶醉了一阵之后,又觉得乏味了,便来到了祠堂的廊下。他用右胳膊抱住一根廊柱,开始绕着廊柱转动。

翘翘看了看,觉得有趣,也学着细米的样子,绕着另一根廊柱转动起来。

事情就坏在这份转动上。

细米转着转着,就觉得自己的身体失去了控制,仿佛就是自己不给力量,只要他搂着廊柱,他的身体就会绕着廊柱自行转动似的。

廊柱是根大轴,他就是这根轴上的极其油滑的转轮。

细米的另一支胳膊舒展着,由着自己飞翔,闭起双眼沉浸在这番迷人的眩晕之中。

终于慢慢停顿下来,细米开始琢磨他为什么会如此轻易地旋转。他发现,廊柱的表面极为光滑,看上去油汪汪的,十分的滋润。以他的刻刀与多种木材打过交道的粗浅经验,他知道这是十分优良的木材。

细米的感觉是准确的。

这座祠堂为一个周姓的大家族所建。这个大家族中,有一人做生意,后来在上海成了巨富。他觉得这是祖上积德的缘故,决定出巨资建周家祠堂。族长们为向后代张扬光宗耀祖的精神,不仅接受了这笔巨资,还发动整个家族,各门各户能出钱的出钱,能出力的出力,造一座这地方造价最昂贵也最有气派的祠堂。

建这座祠堂用了三年时间。

夸张的说法是:这座祠堂的价值相当于这片穷乡僻壤的全部资产。

而这座祠堂的四根廊柱的价值至少相当于整座祠堂的价值的一半。它们是通过一个做南洋木材生意的木材商人,特意订购而来的。

年代久远,这里的人,都已不再知道这种木材的名称,只知道它属于硬木的一种。

四根廊柱好像来自于同一片山林,颜色为黑褐。说"黑褐",也只是一种大致上的说法,事实上,它们的颜色十分复杂,有的地方为焦黄色,有的地方为褐色,而有的地方几乎为黑色。在焦黄的地方,却又有几道黑色的纹路,而在褐色、黑色的地方,又可能有几抹焦黄色闪过。它的纹理更像是一种既坚硬又温润的石头。没有一处疤痕与虫眼,从头到脚,都十分完美。富有光泽,但并不耀眼,是那种黑暗而久远的光泽。与其他木材不一样,用手抚摸它们时,没有温暖之感,却只有一种深秋似的凉意。

细米现在面对着的就是这样的四根廊柱。他有点纳闷:我以前怎么就没有注意到它们呢?

细米真有点像他妈妈所说的那样,他好像哪儿得了什么"病"了,一见到木材,就有用刀雕刻它们的欲望。这种欲望是从心底里升起的,几乎压抑不住。这四根廊柱,多好的木材,它们扇动着细米的欲望。他仿佛听到了它们的吁求:来吧,小家伙,用刀在我们身上狠狠划上一道,我们无声无息、一动不动地站在这里不知多少个年头了,寂寞死了,孤独死了,都已麻木了……

细米用手分别摸了摸四根廊柱。他又用手分别敲了敲它们,大概是因为密度太大,它们几乎是无声的。细米甚至用舌头舔了其中一根。他的舌头尝到了一种药的苦涩。

后来,他就回家取来了一把最锋利的刻刀。

再后来,他就将刻刀扎入了它们的躯体。他觉得它们是他迄今为止所刻过的木头中最难对付的那一种。他必须用力,而一用力,却又往往会不由自主地跑刀,在它们身上留下一道道无谓的伤痕。

他专心致志、一丝不苟地刻着——刻着他的记忆,刻着他的印象与想象。

他忘记了这四根廊柱是爸爸杜子渐和稻香渡中学的全体师生乃至这整个地方上的人所精心保护的对象。他忘记了爸爸"珍视"、"惜物"等一系列教导,他忘记了一切,只看到这四根廊柱,只想着他要刻它们。他有一种奇怪的感觉:它们喜欢他用刀刻它们。

杜子渐喜欢这幢大屋,除了晚上回家睡觉,其余的时间,他都会呆在这幢大屋里。这座大屋让他有一种宫殿的感觉。他坐在这里头办公、喝茶、开会,精神振奋,甚至觉得气度非凡。他非常喜欢这种感觉。有时,他会跑到远处,与它拉开足够的距离观赏它。他发现,这幢大屋之所以有如此魅力,全是因为那四根廊柱。他不是学美术的,也不是学建筑的,因此,他说不明白柱子为什么会在一座建筑中有如此重要的位置和如此强大的功能。

稻香渡中学的老师们也喜欢这幢大屋。他们喜欢在廊柱下聊天、喝茶，或倚着廊柱看学生在校园门口进进出出。廊下是夏天乘凉的好地方，也是冬季晒太阳的好去处。

因为位置的原因或是因为要开挖新的河道的原因，稻香渡中学曾几度要搬迁他地，但，最终都因为这幢带廊柱的大屋而依然留在了原来的位置上。

发现廊柱被雕刻，已是第二天傍晚。

第一发现者是冯醒城老师。他躺在藤椅上喝茶，偶然一瞥，看到其中一根廊柱被人刻过了，"哇"了一声，茶杯盖滑落在地上，跌得粉碎。

办公室里的老师们闻声，以为冯醒城怎么了，都跑了出来。

冯醒城正在察看第二根廊柱，随即又"哇"了一声。

"怎么啦？"

"怎么啦？"

冯醒城已转身去看第三根廊柱，随即又"哇"了一声。

等冯醒城去看第四根廊柱时，其他老师们也分别从几根廊柱上发现了问题，几乎是与冯醒城的第四声"哇"同时，响起一片"哇"声。

杜子渐正从校门外往这边走来。

廊下，老师们有蹲着的，有坐着的，有站着的，犹如一群雕像，皆木然无语。

杜子渐很快走到了廊下，见老师们一个个都那个模样，问："你们这是怎么了？"

无人回答。

"到底怎么了？"

宁义夫说："你看看柱子就知道了。"

"柱子怎么啦？"杜子渐走上前来，察看着柱子。当他看到廊柱被刻的痕迹之后，大声问："谁干的?!"

无人回答。

冯醒城小声说："再看第二根、第三根、第四根。"

杜子渐察看了第二根、第三根、第四根之后，变得暴跳如雷："谁干的?!　谁干的?!"

冯醒城双手一摊："这还能有谁呢?"

杜子渐一下哑了，他掉头就往家走。

"校长，校长，杜校长……"林秀穗第一个跟了上去，随即又有几个老师跟了上去。

杜子渐一脚踢开院门："细米呢?!　他人呢?!"

细米的妈妈见杜子渐这番脸色，问："怎么啦?"

"还怎么啦? 他把那四根柱子全都刻啦! 刻，刻，刻了家里的，现在刻公家的了! 那四根柱子也是能刻的吗?!"他往屋里走去，大声喊叫着，"他人呢?!　人呢?!"

杜子渐的样子，好像是他只要将细米捉到手，就要将他弄死。

细米不在家。

杜子渐又从屋里气冲冲地回到院子里："人呢?!　他人死哪里去啦?!"

细米的妈妈退避到一边。

杜子渐见不着细米，冲着细米的妈妈："你连一个孩子都管不住! 刻，刻，总有一天要刻到你脑门子上!"

细米的妈妈虽然有点害怕，但还是回敬了杜子渐一句："你怎么不管? 就该我一人管呀?"

杜子渐说："这回非揍扁了他!"

细米的妈妈说："打死了才好呢!"

老师们就分开站在院门口两侧，如果见杜子渐在打细米时下手太狠,好上来搭救。

梅纹一直战战兢兢地站在栅栏旁,她被杜子渐的那番怒色吓坏了。她担心这个时候细米会突然从外面回家,她不住地朝院门口张望着。当她见到红藕也站在门口时,便走了过去,悄悄地将她拉到了一旁,低声说:"你快去找细米,让他先别回家。"

红藕点了点头,朝校园外面跑去。

天黑了,细米还没有回家。

昏暗的灯光下,大家都在很沉闷地吃着晚饭,谁也不说话,只有一片"嗞溜嗞溜"喝稀粥的声音。

梅纹端着粥碗,不时地看一眼门口:细米在哪儿呢?她隐隐约约地听到天边响着雷声。

老师们散去,梅纹帮细米的妈妈一起收拾着碗筷,妈妈小声说:"他不知在哪儿?死在外面也好。"

梅纹一时不肯回自己的房间,坚持要在细米家呆着。

老师们也三三两两地在院门口晃动着。

迟迟不见细米的影子。

不知是谁传过话来:"细米去了红藕家了。"

老师们觉得完全有这个可能,也都回了宿舍。

细米的妈妈对梅纹说:"没有事,回你房间去吧。"

梅纹回到自己的房间后,一直站在窗下,注意着细米家那边的动静。

"他就别想再踏进这个家门!"

梅纹听见杜子渐大声说了一句,紧接着就听见门"咣当"一声关上了。

红藕根本没有遇到细米,细米也没有去红藕家。他是听田小奇说的,当时他正和翘翘在芦苇丛里追一只受伤的野兔。田小奇说杜子渐都想打死他,他这才知道自己闯下了大祸,便呆在了芦苇丛里。有一阵,他都想一口将自己的手指头齐根咬掉。

天越来越黑,雷声正从北方滚动过来。风开始增大,芦苇起伏不定,河水晃动起来。

躲到何时?又是躲得过去的吗?

细米决定硬着头皮回家。

他轻声走进院子时,雷声已经响到了头上。借着闪电,他看到家门紧闭——他已被拒之门外了。

翘翘跑上前去,用爪子抓挠着门,见没有反应,竟然像人一样,用一只爪子有力地拍打着门,见依然没有反应,就开始"汪汪"叫唤。

屋里本来还亮着灯,翘翘这么一叫唤,灯反而突然熄灭了。

风起云涌,骤然间,大雨滂沱。

翘翘冲着梅纹的窗户大声叫唤起来。

梅纹一惊,扑向窗口,正好有一道闪电划过,她看到了细米正在雨地里站着。她立即打开窗子,大声叫着:"细米!——"

细米纹丝不动地站着。

金蓝色的闪电胡乱地撕裂着天空,像利剑,像蛇,像鹰爪,像一个巨人暴怒时用大笔在天幕上乱抹。雷先是在黑暗里闷声哼唧,突然扑向当空,清脆地炸响,震耳欲聋。闪电的弧光下,可见岸上的树与水边的芦苇在剧烈地摇晃与倒伏。

翘翘在风雨中与大风一起"呜呜"着。

梅纹拿着雨伞冲进雨地里,大风一下将她手中的雨伞倒卷成一团。瞬间,雨就浇湿了她全身。她将雨伞扔在泥水中,穿过白栅栏,跑到细米跟前:"细米!快,到我的房间去!"

细米挺立不动,如一棵没有枝叶的树。

梅纹抓住细米的胳膊:"走!快走!"

细米用力一甩胳膊,差点将梅纹摔倒在地上。

梅纹就去敲细米家的门:"校长!师娘!开门呀!开门呀!……"

细米的妈妈欲要起身,杜子渐说:"我看谁敢开门!"

细米的妈妈说:"淋死了也好!"

梅纹用力拍门,并大声喊叫:"校长!师娘!开门呀!开门呀!……"

翘翘附和着"汪汪"大叫。

门依然紧闭。

梅纹又过来劝细米:"听我话,快跟我去我的房间!"

细米大吼一声:"不!"

梅纹十分无奈,只好陪着细米站在雨地里。

翘翘蹲在细米的脚下,在喉咙里忽高忽低地悲鸣着,仿佛受了伤一般。

大雨倾盆,一时来不及流淌入河,地上的积水一会儿工夫就淹没了脚踝。给人的感觉,再这样下下去,用不了多长时间,水就要淹过膝盖、淹到胸口。

狂风大作,被折断的树枝在黑暗中发出"咔嚓"声。院门一会儿"咣当"关上,一会儿又"咣当"吹开。

梅纹几次觉得无法站住,身体摇晃着。她带着哭腔说:"细米,进屋去吧,进屋去吧……"

细米倔强如牛,坚决地挺着。

差不多一个小时过去了,梅纹已被凉雨浇得直打哆嗦,想到细米还空着肚子,心里满是担忧。她见无法劝动细米,就跑出院外,去敲老师们的门去了。

这里,翘翘依然如它的主人,一动不动地蹲在水中,昂着头守着细米。

　　翘翘永远记得,也是在这样一个暴风雨的天气里,是细米将它抱回了家——

　　它是一只被过路的船抛到岸上的狗。那天,它在岸边朝远去的大船伤心地喊叫着,小七子见到了它。它只顾望着大船,没发现小七子拿一块砖头,已经悄悄潜行到它的身后。等它觉察到身后有动静时,砖头已经朝它飞来。它的脑袋感到一阵剧烈的疼痛,并感到头晕目眩,往前扑腾了几步后摔倒了。它迷迷糊糊地听到了“吃通吃通”的脚步声正向它逼近。它努力睁开了眼睛,见小七子又拿了一块砖头正朝它跑过来。它挣扎起来,跑入树林。小七子随手捡起一根棍子,沿着地上的血滴,朝它追杀过来。它跑出树林后,迎面遇上了细米。仓皇逃窜的它和他只一个眼神,从此永远相认。它紧接着钻进麦地。小七子赶到了,问:“细米,你看到一只狗了吗?”细米问:“是不是一身纯白?”小七子说:“是的。”细米一指玉米地:“它钻到玉米地里去了。”小七子拿着木棍追进了玉米地——他在跳进玉米地的一刹那,已起了一种疑惑,当他在玉米地里找了一通未能发现它的踪迹时,他重返刚才与细米相遇的地方。小七子看到了细米正朝麦地里看着,走到细米跟前:“你怎么还在这里?”细米说:“我再玩一会儿。”小七子说:“天都快晚了,你还要再玩一会儿?”他低下头,在地上仔细察看着,不一会儿就发现了通往麦地的血迹。他朝细米说:“你骗老子了!”他举着棍子就冲进麦田。细米大声叫起来:“狗,快跑!”它听到了细米的声音,就在小七子的棍子马上要朝它劈来的前一刻跑掉了。小七子紧追不舍,完全像一只狗。细米也跳进麦田,紧紧地跟在小七子后面——他要随时搭救它。两个人,一只狗,在麦地里乱成一团。有几次,它眼见着就要被小七子追着了,便打一个弯跑到了细米的身后,细米故意挡住小七子的去路。就那么一阵纠缠,为它又赢得了逃跑的时间。它从麦地里逃进玉米地里时,天已黑了。小七子和细米都不能看到它。小七子气急败坏,拿着棍子在玉米地里到处横扫劈杀。有一次,他觉得他的棍子打到了它。他听见一声惨叫,以为它已死在了他的棍下,但低头一看,什么也没有——它又跑掉了。细米钻在玉米地里,潜伏在黑暗处,轻轻叫唤着:"狗,狗……"像今天一样,北方开始滚动着雷声,预示着一场暴风雨即将来临。小七子没有因为天气剧变而罢休。他"呼哧呼哧"地喘着气,手中的木棍打折玉米秆无数。细米轻轻走动着,依然小声呼唤:"狗,狗……"当他听到小七子的脚步声走过来时,也会像它一样潜伏在玉米丛里不出声。小七子大声嚷嚷:"细米,你听着,万一棍子打着你,我可不负责任!"有一次,小七子的棍子真的差一点就打到了他。等小七子远去后,他继续轻声呼唤:"狗,狗……"天开始下雨了——一下就很大,"劈里啪啦"。小七子在找狗,细米也在找狗。细米找到了玉米地与一片芦滩相连的地方。这时已雷声隆隆,天像被戳了无数的窟窿眼往下"哗哗"倒水。小七子挥舞棍子,在野地里嘶喊:"畜生,你给我出来!你给我出来!"不知是骂狗还是骂细米。细米忽然觉得脚被一个软乎乎的舌头舔着,一道闪电划过时,他看到受伤的它正可怜地蹲在他的脚下。他知道小七子还在玉米地里。他抱着它,悄悄爬上田埂,然后,一起滚进了田埂那边的芦苇丛里。他爬起来后,拼命往芦苇丛深处钻去。雨水如瀑,风声如涛,他抱着它蹲在黑暗如渊的芦苇丛里。被风吹打着的芦苇,像鞭子一样抽打着他的脸。他感觉到它在他怀中一个劲地哆嗦。他抚摸着它:"我要带你回家,我要永远收留你,我保证!"大约过了一个小时,细米猜测小七子肯定已经撤离后,抱着它,顶着一天的风雨回到了家……

此刻,翘翘当然要坚定地守着它的主人。与细米风雨同舟、患难与共,这是它永远的意愿。

被风关上的院门被人推开了。梅纹的身后跟着林秀穗、冯醒城、宁义夫等五六个老师。

被大雨淋了将近两个小时的细米,已在风雨中摇晃。

老师们劝细米跟他们回宿舍,被细米拒绝了。

梅纹哭起来,叫着:"校长,师娘……"

林秀穗拍打着细米家的门。

屋里依然没有任何动静。

几个老师将细米朝院门外拖去,细米忽然嚎啕大哭,又从他们手中挣扎出来,找到他原先站着的位置,重新站好,仿佛他是长在那儿的,是不能挪移的。

闪电时,只见院子里人影晃动,随着闪电的熄灭,一切影像随之消失。

所有的人都被大雨淋成一个细长溜,像被竹竿挑起的衣服。

冯醒城用手摸了一下细米的额头,觉得冰冷,冲到细米家的窗下,大声说:"校长,师娘,我们都在院子里,我们都已被淋湿,难道你们要让我们淋到天亮吗?"

宁义夫也跑到窗下:"其实也没有什么大不了的事情,不就几根破柱子嘛!那刀刻得很浅的,不仔细去看,也看不出什么。"

细米的身体摇晃了一下,"扑通"栽倒在水里。

梅纹哭着叫着:"细米!细米!"

大家都在叫着："细米！细米！"

屋里灯亮了。

门打开后，细米的妈妈哭着冲进雨地里……

5

又是一个星期天。

老师们回家去了，细米去了红藕家，稻香渡中学除了四周浓密的树林在风中发出的声音外，别无他声。

在一片绿色的安静之中，梅纹与细米的爸爸妈妈进行了一次长谈。当梅纹踏入细米家的院子的那一刻起，她就有一种温暖可亲的感觉，仿佛一只漂流的小船于茫茫大水之上忽然地到达了一个长着大树的码头。当她与细米一家人一桌吃饭时，她发现自己很快就融入了这个家庭。这是一个很特别的家庭，它处在乡村，但这个家庭的主人杜子渐，除了对儿子细米缺乏足够的耐心与温柔外，却有许多斯文的地方。他穿着讲究，一丝不苟，喜欢历史，擅长于说乡村故事——用一种很合他身份的方式说，魅力无穷，老师们茶余饭后都爱聚集在他身旁。梅纹也很是喜欢，那些故事是不可穷尽的，源远流长，绵绵不绝。细米的妈妈不识字，是乡村妇女，但她长年生活在老师们中间，除了具有一个乡村妇女的淳朴与悲悯之外，又比一般乡村妇女懂了许多事理。面对着这样一对夫妇，梅纹的诉说，在开始后不久，就变成了一种倾诉。这儿不是她的家，但她却有一种家的感觉，细米的爸爸妈妈也非她父母，但她却有一种面对父母的感觉——一个走散了的受了很多委屈的女孩儿又重见父母的感觉。她的诉说几次被她的啜泣所打断……

梅纹的父亲是被突然抓走的,理由是他的一尊黄杨木雕其用意是"恶毒"的。母亲也被一道抓走了,理由是她的水彩画也有许多不可饶恕的地方。父母亲被抓走之后,便有一伙人闯进梅纹的家,将父亲的全部木雕当垃圾一样都扔到了大街上。然后,他们将母亲的画胡乱地揉成一团,点燃了,扔到了那堆木雕上。梅纹哭着叫着,挥舞着双手,要扑上去,但却被人死死挡住了。那些曾给父亲带来巨大荣誉与骄傲的木雕开始慢慢燃烧,因为都是一些坚实的木材,最初的燃烧十分缓慢,而正是这种坚实,使燃烧在后面变得强烈而漫长。

　　这种木材所发出的火焰是蓝色的,像酒精的火焰。空气里飘散着一种使人觉得将要昏迷、呕吐的气味。

　　那些由父亲一刀一刀雕刻而成、用了他一生精力与才华才制成的作品,在火焰中黯然无声地消失着,仿佛是灵魂在飘离大地,升入天堂。

　　梅纹仿佛真的看见它们在空中飘飘而去的形象——这些形象本来是凝固在父亲的作坊里的。

　　那帮人对火焰失去了耐心,未等木雕彻底地化为灰烬,就扔下梅纹全都撤离了。

　　梅纹跪在地上,望着一堆还在慢慢燃烧的余火,犹如一个烧化纸钱的人面对一座新坟。

　　她没有悲哀的感觉——她没有任何感觉。

　　终于只剩下一摊死灰。

　　梅纹发现手旁有一根小木棍,便捡起来,去拨弄灰烬。她从灰烬中拨弄出好几块金属牌,那上面是一些英文字母或法文字母、西班牙文字母——那帮人将父亲的作品所获得的各种奖牌也一起投进火中烧毁了。

　　梅纹拿起两块金属牌互相敲了敲,样子像一个收购破铜烂铁的人在敲卖主的卖品。

秋天的太阳正挂在苏州城的上空，与往常一样明亮。

梅纹将两块金属牌扔回到了那摊灰烬里。

风，打苏州河上吹起，从街的那头向这边吹来，灰烬纷纷扬起，像漫天飞舞的黑雪。

爸爸的好朋友郁伯伯收留了她。爸爸搞木雕，郁伯伯搞石雕。不久，郁伯伯、郁伯母也被关到什么地方去了，负责保护她的是郁伯伯的儿子郁容晚———一个比她只大两岁的瘦弱文静的男孩儿。他经常带着她到苏州河去，他们坐在河边，看着各式各样的船在阳光下或月光下行过。他会从口袋里掏出口琴，用一块永远很干净的手绢将它擦一擦，然后坐在石头护栏上吹起来，让寂寞与思念随着琴声一起飘向苏州河的天空和远方的烟村……

后来，她和他一起离开了苏州城，他被分在了离稻香渡十里地的燕子湾。

细米的爸爸妈妈得知这一切之后，对梅纹又增添了一番怜爱。

该说说细米了。

梅纹说："校长，师娘，将细米交给我吧。"

杜子渐一时不能明白梅纹的意思。

"我来教他学雕塑。"

杜子渐下意识地望着梅纹那一双细嫩如笋的手，有点疑惑。

梅纹不好意思地将两只手摊开，放在自己的眼前看了看，说："我从小就喜爱往父亲的那间作坊里钻。我喜欢那些木头的味道，喜欢那些刻刀，喜欢看木屑从父亲的刻刀下飞落下来的样子。有时，父亲的作坊里会来很多人，他们坐在一起谈话,我不管父亲的反对,也偏挤在他们中间听着。小学毕业时,我正式向父亲提出我也要学雕塑,被父亲否决了。其实,他早和母亲商量好了,让我跟母亲学水彩画。父亲的理由很简单:学雕塑会损害一个女孩子的手。后来,我虽然跟母亲学水彩画,但心思还是在雕塑上。我虽然几乎没有动过手,但我知道雕塑是怎么一回事。"

"可是,"杜子渐说,"你教他又有什么用,他不过就是一个顽童而已。"

"不。"梅纹说,"你们也许并不认识你们的儿子。"

"他难道还是块材料吗?"杜子渐深表怀疑。

"岂止是块材料!"梅纹的口气十分肯定。

杜子渐说:"朽木不可雕也。你愿意就试试看吧。"

细米的妈妈说:"你能管住他的野性子,不让他闯祸就阿弥陀佛了。"

梅纹笑了起来。

6

梅纹进了一趟城,买了一盒雕刻刀。

这天,她手托一只木盘,对细米说:"把你的刻刀统统交出来吧。"

她跟在细米的身后。

细米从文具盒里、墙洞里、猫洞里、草丛里,从许多你意想不到的地方,拿出一把把刻刀。不一会儿,就从梅纹的木盘里传出一阵刻刀扔到上面发出的声音。

梅纹收缴了大约二十把刻刀。她对细米说:"我要将它们交给林老师,让她分给班上的同学。它们只配去削铅笔。"

然后,她取出那盒雕刻刀,郑重其事地交给细米,"从今天开始,我就是你的老师了,由我来教你雕塑。"她将细米领进了细米家原来当储藏室的屋子——那里已经被她收拾好了,有工作台,有木凳,有架子。她尽量照父亲的作坊,设计了这间屋子。

所有这一切过程,都极富仪式感。

细米有点惶惑,他好像一下子割断了与从前的联系,进入了一个陌生的、未知的、特别空茫又特别新鲜的世界。他显得有点呆傻、木讷,彻底地露出了一个乡野少年的羞怯与笨拙。他站在这个曾经堆放稻糠、地瓜、柴禾和存放咸菜缸呀什么的屋子里,一时手足无措。他根本不清楚梅纹是如何想象与设计他的未来的,他也根本不知道自己是什么,他的那些纯粹出于好玩的雕刻把戏又到底隐含着什么。他的神态是一副懵懂无知。

台子上放着一块颜色为紫黑的木材,看上去像紫檀,但并非紫檀,是本地出产的一种树木。木质与有名的黄杨也差不太多,它已被劈开,肌理十分动人。

梅纹说:"这就是你的对象,也是你的对手。你首先要清楚这一个词:雕塑。其实,它是两个词的组合:'雕'与'塑'。雕是雕,塑是塑。什么是'雕'?雕就好比是数学里头的减法。它是用工具比如这一盒雕刻刀,将多余的部分一点一点地去掉。记住了,雕就只能减——减了就不能再加了。一刀下去,就再也没有第二刀了。'塑'基本上是一种加法,只是到有了一个大概的形状,再往细部去时,才加减并用……"

从来听课心不在焉、神不守舍、身体东摇西晃的细米,却在梅纹细软、清纯的声音里沉浮,一双本来就大的眼睛,现在显得更大。

不仅是雕塑,几乎是包括细米的全部,梅纹似乎都很在意。她既张扬着他,又收敛着他——用一种与他的爸爸妈妈全不一样的方式。一个小小的细节,她也得与细米计较。

这天,他们谈起了三鼻涕。

细米开口就说:"三鼻涕……"

梅纹立即打断他的话:"你说是谁?"

"三鼻涕。"

"再说一遍。"

"三鼻涕。"

梅纹说:"三鼻涕难道是一个人的名字吗?这样叫人可不好。这是对人不尊重。人要知道尊重别人,人甚至要知道尊重树木与花草。"

细米低着头。

他出门后,正巧就遇见了三鼻涕。他不免有点生硬地叫道:"朱金根!"

朱金根愣住了:"什么?你叫我什么?"

"朱金根。"

"你叫我朱金根?"

"朱金根。"

朱金根望着细米,向后倒退着,随即转身冲进教室,站在讲台前,大声说:"细米不再叫我三鼻涕了,细米叫我朱金根!"

朱金根又跑出教室——他不知道自己要干什么,一边走一边在嘴中自语:"我叫朱金根,我叫朱金根!……"

7

一天晚上,稻香渡中学的老师们正在吃晚饭,就听见在里屋大木盆里洗澡的细米冲着外面叫："妈！我要块香皂擦擦身子！"

冯醒城说："哟！听听，细米要块香皂擦擦身子呢！"

宁义夫说："他原来能十天半月不洗脸。"

林秀穗说："这也太夸张了一点，一个星期不洗脸是有的。"

冯醒城已经吃完饭，一边用筷子敲着碗，一边纳闷："你说也怪，啊，这细米怎么一早上起来就不再是细米了呢。"

第三章　风也吹，雷也打

1

　　郁容晚来了。

　　燕子湾的男知青都已下地干活了，郁容晚来到稻香渡中学时，已在晚饭后。后来，郁容晚无数次地来过稻香渡，都是在晚饭后。那时天已差不多黑了。因此，稻香渡的人直到郁容晚离开燕子湾重回苏州城，也未能有一回清清楚楚地看到他的面孔。但无论是细米一家还是稻香渡中学的全体老师，都觉得郁容晚是长得很帅气的人。在他们的感觉里，他皮肤白净，鼻梁较高，整个看上去有点清瘦。他们甚至觉得他的目光里有一点忧郁。腿长、个子高，这一点他们是确定的，因为借着月光，他们可以看出。

　　郁容晚每回都是骑着一辆自行车来。他的车技似乎十分高明。因为，一路上尽是只有一尺多宽的田埂，他骑过来时，居然不下车，遇到缺口，他骑马似的，车把一提，前轮悬空着就过去了，等前轮落地，后轮又是一个悬空，整个车便都过了缺口，又一路向前了。

郁容晚从未进过梅纹的房间。他来到稻香渡中学后，总是将自行车往荷塘边的柳树上一靠，样子很像一个骑马的人到了一个地方，将马拴在一棵树上。然后，他就从口袋里掏出口琴。那口琴用一块白色的手绢包着。他慢慢打开，然后用手绢将口琴擦一擦，再将手绢折好放进口袋。

梅纹听到口琴声，立即显出一副全神贯注的样子。但并不显得急切或按捺不住，原先如果是坐着的还坐着，原先是站着的还站着，只是凝神听着，过了一会儿，才会往荷塘边走去。

初夏的傍晚，郁容晚的口琴在稻香渡第一次吹响了。

那时，梅纹正在那间小屋里指导细米如何使用圆口刀。

"有人吹口琴！"细米说。

其实，梅纹早在他前面已经听到了。她的注意力不再在圆口刀上，不再在这间小屋里，也不再在细米身上。她人虽然还坐在小屋里，但心思却轻盈得好似一片羽毛，了无声息地飘出了窗外，飞向了口琴声传来的地方。

"你先在那块不好的木料上练练刀。"梅纹说完，走出门外。

她往荷塘边走去。月亮正从东边小树林里升起。她看到了他高而单薄的身影。

他也看到了她，但他没有停住口琴，依然在吹，一直等她走到了他身边，他才停住。

他们说了一会话儿，他继续吹他的口琴，仿佛他不是来看她的一个朋友，而是专门来为她吹口琴的一个职业乐师。

他站着，她坐着。

他吹得十分投入，两只手像鱼的尾巴一般，不停地拍打着口琴，控制着气流的大小，一只脚在地上轻轻地打着节拍。

除了音乐，梅纹还能听到气流从他的唇里流出而进入口琴、又从口琴流到手指缝里的声音。这种声音类似于风吹过草叶时发出的声音,"沙沙沙",必须仔细听才能听到。

荷叶在风中翻动,像黑暗中有无数顶草帽在闪动。还有三两支荷花的骨朵竖在荷叶间,要是在白天看,是一种胭脂色,但现在看只是墨黑的一朵。空气里弥漫着使人头脑感到清爽的香味。偶尔会听到一串水珠从叶上滑落到水中发出的清纯到极致的声音,很像是一串散线的珠子,或是一串音符。

她不看他,只是将目光越过荷塘,朝远处望——远处的一切都是模糊不清的,让人产生无穷的想象。

琴声撩人,细米终于放下手中的刀子,跑到了屋外。

当细米看到荷塘边的两个人影时,他停住了脚步,让自己呆在一株楝树所形成的一团阴影里。

他觉得口琴吹出的声音很好听。

后来,他爬上了高高的草垛。他坐在草垛顶上,看到了那片荷塘,也看到了他和她。

红藕来了,仰起头来问:"细米,你在看什么?"

"我没有看什么。"

红藕有点疑惑,就朝荷塘边走。她看到了郁容晚和梅纹的身影后,又转身回到了草垛下:"我知道你在看什么。"

"我没有看什么。"

"你就是在看什么。"红藕是来向细米家借筛米的筛子的。她取了筛子往回走,又在草垛下停了一下,说:"还说没有看什么呢!"

细米一下躺倒在了草垛顶上。

红藕拿着筛子回家了。

口琴声似乎无休止地响着,节奏变化万千。口琴这种乐器很神秘,长短不过五六寸,吹起来,让人觉得,既是一件乐器在独奏,又好像是几件乐器在一起合奏,既能静谧,又能热烈,不张扬,很亲切,或许是嘴唇直接与它相接触的缘故,让人觉得,人的心思、心绪与情感都直接流注到了每一个音符里。

在父母亲被抓走后的日子里,正是这把口琴打发了她的寂寞和忧伤。

细米望着天。他觉得自己离天很近,他看到一片苍茫中,有两颗小得只有指甲盖大的星星正在缓慢地走动。他知道,这是人造卫星。他还看到了几只过路的夜鸟,在无声地扇动着翅膀,正飞过稻香渡的天空。看着看着,他就睡着了,蒙眬中,他隐隐约约地听到郁容晚说了一句:

"大忙季节要到了。"

2

五月,是一年里最忙的一段时光。麦子成熟了,要收割;被割下的麦子要挑到打麦场上脱粒;脱下的麦粒要晒干;空下来的地要翻耕;翻耕了的地要泡水;泡了水要平田;平了田又要插秧。季节不等人,所有这些活,都要在那有限的日子里全都忙完。

毛胡子队长来到细米家,对梅纹说:"你们是女知青,就没有让你们一来就干活。现在无论如何也得下地了,你准备工具吧。"他一口气说了一大堆要准备的工具。

毛胡子队长走后,梅纹木呆呆的。她从未干过农活,对工具一点也不熟悉,不知道怎么办好了。

妈妈说:"你都别管,该干什么干什么。"

一连几天时间，妈妈都在为梅纹下地干活做准备。镰刀、扁担、绳索、草帽、擦汗的毛巾……妈妈一样一样地准备。镰刀挑的是钢性最好的，刀柄是抓在手里最舒适的，挑了三把，好在这把用钝了时，马上换上另一把利口的。扁担选的是桑木的，既结实又柔韧。妈妈特地挑了一担水在肩上试了试，觉得颤悠悠的像长了能飞的翅膀……

　　其他女知青，差不多都得靠自己去准备的，她们都很羡慕梅纹。

　　这一切都准备得停停当当的了，妈妈心里又担忧开了：她能干活吗？这地里的活哪里是她们这些女孩子干的？妈妈干过农活，可知道农活的苦了。一想起农活——特别是五月的农活，妈妈总是说：那时候的人都像上刀山似的。想呀，五更天就得下地割麦，夜里打夜工有时候要打到后半夜，一天只睡四个钟头的觉，不管是割麦子、脱粒还是插秧，都是累断人骨头的活。

　　眼看着嫩豆芽一样的梅纹就要下地干活了，妈妈心里好舍不得。

　　梅纹终于下地干活了。她头戴一顶草帽、脖子上晾一条毛巾，裤管挽起了两道。从田埂上走过时，稻香渡的庄稼人都掉过头来望，因为她这副样子实在是好看——是一个好看的农民，一个好看的农家姑娘。但用不了多一会儿，众人便都知道了，好看是不中用的。一双本来十分灵巧的手，却很笨拙地握着镰刀。人家稻香渡的姑娘们用镰刀这么轻轻一拢，就将一小片麦子拢到了臂弯里，随即镰刀往麦子的根部一沉，就听见"咔嚓"一声，这麦子便纷纷倒在了臂弯里，再用镰刀轻轻一勾，一小捆麦子就放倒在了地上。这么几刀下去，便堆成了一堆，紧接着，十分麻利地就将它们捆成了一个大捆。再看梅纹,才割了一小行,麦茬还留得老高。有个姑娘看了,就对另一姑娘"吃吃"地笑:"她像在割韭菜。"说这话时,露出了一个乡下姑娘的骄傲。

姑娘们有心要照顾梅纹,自己割八行或十行,只留给梅纹两行,让她先练着玩。而即使只有这两行,不一会儿工夫,她也被人家落下了。她看看人家已经远去,又害羞又着急,就不抬头地往前割。她也想一刀下去多割一些,然而拢来拢去,就是拢不住它们,等好不容易拢住时,发现还不及人家的十分之一。

不一会儿,太阳就升上来了,一上来,就很较劲,满世界热烘烘的,一眼望不到边的麦田仿佛在阳光下燃烧。

锋利的麦芒将梅纹的手、胳膊,甚至是脸,都已拉下一道道细细的看不出的伤痕,一沾汗水便火辣辣地疼,好像洒了辣椒水。汗水还不住地流进眼睛里,她想不擦,又淹得眼睛一片模糊,根本看不清眼前的事物,只好不住地去擦,而这又耽误了不少时间,越来越落在了人家的后面。

毛胡子队长挑着麦捆从田埂上过,说:"梅姑娘,麦茬留得再短点。"

梅纹掉头看看人家的——人家的麦茬齐刷刷的几乎与泥土平,再看看自己的麦茬——自己的麦茬高高的,毛毛的。她觉得实在太难看,就不再割麦,而掉转身去修理麦茬了。修理了一阵,心想:这样我会更落后的。于是又赶紧转过身去割麦子。

宽阔的一垅麦子都割倒了,只有靠墙沟边的两行留着,像大光头上留了根细细的长辫子。

梅纹就一个劲地往前撵。心里着急,动作配合失调,不是将一两株麦子落下没割,就是已被割倒的麦子,又从她的手中漏落在地上。

梅纹忽然觉得自己很无用。

细米的妈妈一边在家干活,一边在心里惦记着地里的梅纹:也不知道有没有把手割破?该没有将麦芒弄到眼睛里吧?还在口中自言自语"不要跟人家比。咱是第一回割麦子,割多少是多少。不用心急,没有人计较你的。慢慢割呗,割一根也叫割呀……"她把另外两把镰刀磨得闪闪发亮。

上午第一堂课结束后,细米回家喝水来了。

妈妈说:"去,把这两把镰刀送给你纹纹姐。"

细米也没顾上喝水,拿了镰刀就往地里跑。

上午第二堂课结束后,细米又回家喝水来了。

妈妈说:"将这盆粥送到地里,你纹纹姐早上起来没胃口,吃得少,这会儿该饿了。"

细米又没有顾上喝水,提了装粥盆的篮子就往地里走——不能跑,只能慢慢地很平稳地走,一跑起来,盆里的粥就会撒出来。

竹篮是妈妈用竹篾编的,里面正好放一只小小的瓦盆,周围几乎没有空间,瓦盆也就老老实实地呆着,不会摇晃。瓦盆有盖,盖上放了一只空碗一把勺一双筷子,空碗上又放了一只小碟,碟里是刚切开的咸鸭蛋,蛋黄又红又油,人见人馋。

这时间,往地里送饭的人家也有,但那些女知青是没有人送的,只有细米家给梅纹送。

细米走路小心翼翼,仿佛地上有鸭蛋,怕一不小心踩着了似的。他就这样在长长的田埂上,慢慢地走着。

干活的人看见了竹篮,看见了瓦盆,看见了碟子里的咸鸭蛋,就都将目光转来看。

一个孩子提着一只篮子,走在瓦蓝的天空下,走在金黄的麦海里，就成了这夏季田野里的一道风景。

后来，只要是梅纹在地里干活，每天在这一时刻，细米都会准时准点地提着竹篮出现在人们的视野里。

平时细米走路总是又蹦又跳。妈妈说："他长这么大，我就没有见过他走路的样子。"但此时的细米，才真正叫走路，很稳当地走，很均匀地走，很安静地走，走的是一个女孩儿家走的步。

地里干活的人喜欢这个时刻的到来，他们要看看细米是怎么提着竹篮走过田埂的，百看不厌。

"细米，你给谁送饭呀？"有人故意问。

细米不回答，依然走他的路。

"细米，是给我送的吗？"那个叫草凝的女知青问。

细米不回答，依然走他的路。

这个时候，地里的人差不多都坐在地头的阴凉处休息，但梅纹还在割着。她已经又饿又渴，一斤重左右的一把镰刀，抓在手中已觉得很沉了。才干了几个小时的活，她就觉得腿有点拉不动了。她的手上已经打起水泡，但她咬牙坚持着。她觉得自己太丢人了，怎么这样不中用！才刚刚开始干活，她就对未来的劳动恐慌起来。细米一直走到了她跟前，她却没有发现。

有人喊："梅纹，看看是谁来了？"

梅纹掉头一看是细米，问："你怎么又来了？"

"妈让我给你送粥。"

"我不饿。"

细米就站在田埂上不动。

有人喊："你不吃，我们可吃了。"

梅纹笑了笑，放下镰刀，用手拄着酸痛得不能陡然直立的腰,走到田埂上。

细米将竹篮子放在田埂上。

粥凉丝丝的,稀溜溜的,很解渴。坐在田埂上,于光天化日之下喝粥,梅纹立即有了一种特别的好感觉,一时将劳累忘了,将远远落在人家后面的尴尬忘了。

细米坐在田埂上,尽管早已听见上课铃响了,却显得一点也不着急。他第一次听见梅纹喝粥发出声响来——原先,她在桌上吃饭时,是从来没有声响的,就好像没有吃饭。

3

天一天热似一天。

早晨,太阳升起时,让人觉得都"轰隆轰隆"地响。稻香渡的人也许见惯了这样的太阳,直说"热",也不害怕它。但对这些女知青来说,每天都会有一种恐怖感。那些过去在画上看来十分迷人的田野,因现在每天一早就要下地劳作,而使她们望而生畏。她们总是在想苏州城里梧桐树下的那份清凉、在家跶拉着鞋喝着酸梅汤或绿豆粥的舒适。

她们一天比一天地不想下地干活。

农活却一天比一天地紧张起来。

女知青们差不多都哭过一两回了。

梅纹晚上从地里回到家时,已疲倦不堪。细米的妈妈老早就烧好洗澡水在等她。"洗了澡,赶紧吃饭,吃了饭,赶紧睡觉,早上四点就又得起床了。"妈妈拿过她手中的工具说,"大木盆里已放好洗澡水了。"

院子里,放着一张桌子。那上面已放好了饭菜,细米坐在凳子上一步不离地守着,不让鸡碰,不让狗动。

每天晚上，在梅纹睡觉之前，细米的妈妈都会说一句："你就放心地睡觉，早上我会叫你的，是不会睡过头的。"

天还未亮，四周还灰蒙蒙的一片。

细米的妈妈会准时拍响梅纹的窗子："纹纹，纹纹，该起床了，该起床了……"

梅纹迷迷糊糊地起了床，迷迷糊糊地吃了点东西，然后就迷迷糊糊地往地里走。

细米的妈妈望着她的背影，总会心疼地感叹一句："干嘛要将这些孩子弄到乡下来？"

那时的细米还在梦乡里。

田埂上、麦地里，到处都有人影在晃动，不时地就会响起一阵沉重的哈欠声。然而，他们却不能休息。他们必须尽量抢在太阳升上来之前割麦子，因为太阳的暴晒，会使麦壳张开，一动镰刀，麦粒很容易被碰落。

元麦还没有割完，又该割大麦了，而小麦也在一天黄似一天。

季节像一根鞭子一样，在驱赶着疲倦渐深的人们。

为了避免意志的松懈，为了杜绝有人在集体性的劳动中不能做到不遗余力，为了上头一天一天都在等着报告的进度，队里决定像往年一样将全队分成三个劳动小组，好让众人摽着劲儿干。

分组时，谁也不想要这些女知青。

这些曾被稻香渡的男女老少敲锣打鼓欢迎来的女知青，现在被冷落在了一旁。那天在村头空场上分组时，她们几个坐在一起，很像是几只失去家园的鸭子游过一条大河，而在这条大河里却有一支浩浩荡荡的鸭群，这支鸭群觅食、拍翅膀，仰天欢叫地从它们身边游过，全然不将它们当回事，它们也知趣,游走在一边。

她们取一个阴凉处,互相背靠背地坐着,还是那么漂亮。

但稻香渡的人在这大忙季节,却再也无一点欣赏之心。

谁也不要她们,毛胡子队长只好念名单,强行分配了。当名单从他嘴里一个一个地念出时,一场的人,竟无一个人吭声。

"梅纹,分在第三组。"

第三组的组长扣宝说:"换一个吧。"

梅纹听见了,将头伏在了草凝的肩上。

草凝用手轻轻拍着梅纹的手背——梅纹是她们中间最小的一个,也是最娇气的一个。

"梅纹,分在第三组。"毛胡子队长又强调了一遍。

扣宝提高声音说:"换一个吧。"

梅纹就小声哭起来。

红藕正巧上学路过这里,很快就将消息告诉了细米。细米听了,就骂了扣宝一句。

红藕说:"骂得真难听。"

细米又骂了一句。

红藕打了他一拳。

扣宝最后还是接受了梅纹,但在嘴里嘀嘀咕咕:"下面反正也不是大呼隆干活了,一人一份活,谁也帮不了谁,受罪的还是她自己。"

毛胡子队长说:"草凝,你们几个听清了。以后,是不得旷工的。不是稻香渡的人计较你们,是上头的精神、上头的规定。每个人都必须和稻香渡的人一样天天下地干活,干多少活,记多少工,有多少工就分得多少口粮!是不会有什么照顾的。即使我想照顾你们、稻香渡的人想照顾你们,上头知道了也不干。好了，下地干活吧。"

下了第二节课，细米像往常一样，提着竹篮来到田野上。

小七子光着上身，也在地里干活。他也算是一个农民了，见了细米，他笑嘻嘻地问："喂，给谁送哪?"

细米知道他不怀好意，不答理他，只顾往前走。

小七子大声问："喂，你给谁送饭哪?"

细米掉头看着他，意思是说：你管得着吗?

小七子笑着，一副下流无耻的样子。

细米狠劲往地上啐了一口唾沫。

小七子抓起一块土疙瘩，正要发作，翘翘来了。如今的翘翘已不再是当年的翘翘了，它已是一条长得十分健壮并不时地会露出一脸凶狠样的狗。它仿佛还记着小七子，小七子从它的眼神里也隐隐约约地感觉到它在记着他。看到它一副随时准备过来扑咬的神情，他将手中的土疙瘩扔到了地里。

细米和翘翘离开了小七子，在另一块地里找到了梅纹。

梅纹独自守着一垅麦子，别人已在她前面很远了。见了细米，她有点不好意思。坐在田埂上喝粥时，她不时地看一眼自己的那一垅麦——左右的麦子都已割完了，她的那一垅麦看上去，就像长长的一列火车，一列已开不动了的火车。

细米在想：明天，学校就要放假了。

"妈妈叫你别着急，割多少是多少。"

梅纹点点头。

不远处，忽然起了一片嘈杂声，不一会儿，话就传了过来："二组的阿五往场上挑麦把，走在河边晕倒了，栽到河里去了!"

人们都丢下手里的活往那边看，只见有人背着阿五，后面又跟了几个人,往医院跑去了。也不知事情到底有多严重,四面八方,都大呼小叫。

这就是乡村,这就是五月。

五月的乡村,人一个个被晒得黑黄黑黄的。等熬过夏天,一个个都瘦得不成样子。秋天收获前的一个暂时的空闲里,人们走路都显得有点东摇西晃。阳光与田野几乎榨干了他们。

望着麦地,梅纹眼中满是无奈与恐慌。

细米走了,毛胡子检查农活来了:"梅纹呀,照你这个进度呀,你该喝西北风了。"

梅纹不敢抬头。

这天晚上,别人都收工回去了,她还坚持在地里割着。

细米的妈妈没有催她回去,自己也拿了一把镰刀,从麦垅的另一头割起。当她帮梅纹割完了梅纹今天应该割的麦子时,许多人家都已关门睡觉了。

此后一连许多天,梅纹都是在一种较为轻松快乐的状态里度过的——不是细米妈妈来帮她的忙,而是细米与红藕来帮她的忙。细米和红藕放忙假了,他们总是从属于梅纹的那一垅的另一头割过去。在割的过程中,他们总是带着一种期待的心情:我们什么时候才能与梅纹会面呢?

细米有时克制不住地要站起身来往前看。

红藕不抬头,说:"别看,知道还有多远,就没有意思了。"

"怎么还没有到呀?"割不一会儿,细米总要着急地说。

"你就知道着急。"红藕拉住了又要准备抬头去估算距离的细米。

割着割着,突然地,就听到了对面传来的"咔嚓"声。麦子长得十分稠密,能听见声,却看不见人。

梅纹那边也听到了"咔嚓"声,心里禁不住一阵激动。

"咔嚓"声越来越大,渐渐地,看见了对方的人影,但不很清楚,就好像对方在帘子那边。

帘子撩开了,终于会面了,仿佛是经过了一百年之后的重逢,三个人都兴奋不已。这时,梅纹与红藕会抱在一起跳起来。

有几回,地里还有不少人还未割完他们应该割完的麦子,梅纹的麦子就已经割完了。她高高兴兴地和细米、红藕往家走,一路上,她会轻轻哼起一首歌……

4

未收割的麦地,离村庄越来越远,而离那些荒地、芦滩、坟场越来越近。人们出家门,要走上好一阵,才能走到干活的地方。

这几天,五更天时都没有月亮,天很黑。别说是城里的女知青,就是稻香渡本地人,在往干活地点走时,也不会是毫无畏惧的。日常的乡村,经常被谈论的,不少都是一些令人害怕的故事。无论是冬天的火盆旁还是夏日纳凉的桥头,谈来谈去,都是一些让胆小的人夜里不敢走路、睡觉不敢睁眼的事,都说得有鼻子有眼睛的。

黑暗的田野,总是给人很多联想。

昨天,草凝已闹了一个笑话:她正在慌里慌张地割麦子,就听前方不远的地方有"哼哼"声,吓得扔下镰刀,抱着脑袋,蹲在那儿尖叫着。许多人赶了过来,结果弄清楚了,村东头高明楼家的一头猪头天晚上没有被赶回家,不知什么时候跑到麦地里来睡觉了。当那头猪受了惊动,蹿过麦地时,人们先是一惊,接着就是哈哈大笑。

这天是个阴天,梅纹被细米的妈妈叫起来走出门外时,不禁又退回屋里:外面黑得几乎什么也看不见。

村头大树上的大喇叭在响着:"起床下地啦! 起床下地啦! ……"

梅纹只好硬着头皮走进黑暗里。

她在昨天晚上快收工时就已经知道,她今天要去的麦地紧挨着一个大坟场。

空气十分潮湿,不知是露水还是细雨。

梅纹抓着镰刀往地里走,前面似乎有人,后面似乎也有人,但看不到一点身影。咳嗽声、哈欠声、"吃通吃通"的脚步声,错乱地响在四面八方。她觉得这个世界很虚幻。

一路上,一惊一乍。一只青蛙跳塘,会让她一惊;一只黄鼠狼越过田埂,会让她的心"扑通扑通"乱跳;树上的一只鸟忽然飞起,会吓出她一身冷汗。

梅纹好像不是在往麦地里走,而是在往地狱里走。

出门时,她本想叫醒细米与她一道下地的,但想到细米的忙假已经结束,白天还要上课,就只好打消了这个念头。走在通向麦地的路上,她真希望细米和他的狗走在她的身前身后。

总算走到了麦地,走到了头天就分定了的那一垄。

她知道不远处就是坟场。她不敢朝那里看,只顾埋头割麦。糟糕的是她左右的几垄,都没有人。她甚至觉得整个的麦地就她一个人。她不看那片坟场,眼前却老是坟场:大大小小的坟墓、新的旧的坟墓,像一个个人黑着脸坐在荒地里。她的手有点颤抖,三分是因为多少天来一直割麦手累了,七分是因为害怕。她想唱支歌壮壮胆,但觉得在这样一片寂寞与黑暗之中唱歌，实在不正常。若是这样，也许她不怕了，但别人却怕了。不过她还是在喉咙里小声唱着，声音有点发颤，仿佛此时不是站在夏天的麦地里，而是衣衫单薄地站在冬天的雪野上。唱了些什么，她自己也不知道。她想让自己想想爸爸妈妈、想想苏州城、想想细米、想想红藕、想想翘翘，可是都不成，刚想了一点，就又被恐惧所控制。恐惧像一股黑潮向她的脑海涌来，把所有其他的念头、情景都淹没了、冲毁了。她愣是觉得那片坟场里游荡着生灵，她甚至毫无根据地听到了那些生灵的很不均匀的喘息声。她觉得此刻，肯定有蓝荧荧的鬼火在杂草里、坟头上游移、跳动与飘忽。有天晚上，她站在稻香渡中学的门前看田野上夜景时，曾看到过这些扑朔迷离的亮光。她不知道它们是什么亮光。细米告诉她这是鬼火，听罢，她再也不敢看了，并从此晚上不敢再朝那个方向张望。

　　远处，有赶牛人的号子声。麦子上场了，牛要拉着石磙成日带夜地碾轧。赶牛人就在后面跟着，一圈一圈，单调而疲倦。这时，正是睡觉的好时候，那赶牛人的号子声是在迷迷瞪瞪的状态里发出的，显得毫无兴致。

　　梅纹希望天能早一点亮起来。

　　然而，天依然黑着。

　　她在与那片坟场靠近，她真想丢下镰刀往家跑。她就这样痛苦地坚持着。

　　后来，天慢慢地开始转色，转成灰白色。

　　她偶尔抬了一下头，这回，她真的隐隐约约地看到了坟场——坟墓密布的坟场。它很像一座沉寂的广场，这广场上有无数的人，但他们都已凝固了。

　　她赶紧将头低下去割麦子。

天又亮了一点。

她的恐惧感似乎减轻了一点。她决定壮起胆正视一下坟场。于是她就勇敢地抬起头来。这一抬头不要紧,她却"呀"地发出了一声尖叫——

在一座坟头上,盘腿坐了一个人!

这个人仿佛被冻僵了,一动也不动。

看不清面孔,只是一个模糊不清的影子。

梅纹两腿剧烈地哆嗦,灵魂仿佛出窍了。

这个黑影突然捏着嗓子,阴森森地笑起来。

梅纹又是"呀"地一声尖叫,便跌倒在了地里。

人们闻声从四面八方跑过来,将她摇醒:"怎么啦?怎么啦?"

她哆嗦着嘴唇,指着坟场。

人们朝坟场望去,也就是一个坟场,没有任何异常。

天完全地亮了。

毛胡子队长说:"你是疑神疑鬼。"

草凝说:"大概是太紧张的缘故,你产生了幻觉。"

话很快传到了稻香渡中学,细米的妈妈连忙跑到地里,按当地的风俗,将一块泥在手中碾碎,然后洒在梅纹的四周,并在嘴里不住地念叨着:"纹纹别怕,纹纹别怕……"

此后,梅纹一直有点神情恍惚。

细米提着竹篮走过来时,翘翘无缘无故地冲着正在地里撒尿的小七子咬起来,吓得小七子连忙提着裤子跳到一边。

细米突然感觉到了什么,用眼睛死死地盯着小七子。

"你小子,干嘛这样看人?"

细米和翘翘在往梅纹那边走去时,听到了小七子的笑声。

后来的许多日子里,梅纹都是在细米和翘翘的护送下来
到地里的。当细米与梅纹一起往前割麦子时,翘翘就在地
里、田埂上来回地跑,像是在巡逻。等天完全大亮了,细米才
和翘翘回家去。

这一天,林秀穗对细米的妈妈说:"这些天,细米怎么上
课总打瞌睡?"

5

因抓握镰刀的时间过久,又因身体虚弱,梅纹从锅里盛
了一碗稀粥往饭桌走时,不知怎么的,手好像失去了知觉,碗
掉在地上打碎了,稀粥洒了一地。

当时,老师们都在另一张桌上吃饭,听到碗打碎的声音,
便掉过头来看她。

她蹲在地上捡着碎片。

细米的妈妈连忙过来说:"岁(碎)岁(碎)平安、岁(碎)岁
(碎)平安⋯⋯"

晚上,细米的妈妈对杜子渐说:"他爸,你得想个办法,不
能让她再下地干活了。"

"能有什么办法呢?"

妈妈突然想起来了:"前天,你不是说学校还缺一个老
师吗?"

杜子渐说:"哎,这倒是个主意,我怎么就没有往她身上
想过呢?"

"纹纹做个中学教师,还不绰绰有余?"

"就不知道上头能不能同意。"

"不是让学校自己找吗? 反正是个民办教师的名额,也

不用上头指派。"

"我说的是纹纹是个知青。知青能不能当老师?"

"细米三姨家那边的学校,不就有个男知青当了老师?"

杜子渐有点兴奋,烟抽了一半就掐灭了,又重新点了一根……

后来,妈妈也没有为这事太着急,因为地里的农活终于忙出了个头绪,麦子割了,稻秧也插了,粒也脱了,粮食也进仓了,可以休息一阵了。

地里,除了有一两个管水的人偶尔出现一下,就很难再见到一个人影,人们仿佛害怕这片田野似的,全呆在了家中。大人们除了吃饭,就是睡觉。他们太缺觉了,恨不得一觉睡去,永不醒来。

女知青们在毛胡子队长宣布"不再上工"之后,竟然抱在一起哭了一场。

梅纹就直想睡觉,到了吃饭时间了,也不想起来。

妈妈给她拧了一个毛巾,让她擦擦脸好清醒一些。妈妈说:"不能这样睡,这样睡下去会把身体睡坏的。"

大约过了一个星期,她才慢慢地精神起来。略带一点倦容,被太阳晒红了的皮肤,显出一番健康。林秀穗说:"梅纹比原先更好看了。"

梅纹想:该管管细米的雕塑了。

已开始放暑假了。对于细米来说,这是一年里头最美好的时光,他可以自由自在地拥有将近两个月的时间。他可以整天浸泡在大河里,可以在田野上尽情撒欢,可以随心所欲地做一切他想做的事情。没想到,梅纹将他召唤进了那间小屋。他喜欢用他的刀到处乱刻,如果有可能的话,他能够刻遍全世界,在那些巨大的廊柱上,在那些参天大树上,在那些高高的大门上，都留下他的印记。但，这只是在他高兴的时候，在他手痒痒的时候。他并没有将这事情当一回事儿，他也根本不懂这事儿算不算一件事儿，又有什么价值。然而，梅纹却认真了，将这事儿看得很重要很重要。原先的细米是你越阻止他刻，他就越要刻，而现在有个人鼓励他刻并看着他刻的时候，他却忽然地没有了兴趣。他觉得自己受了束缚，不像以前那么痛快了。梅纹越是正儿八经地看待这件事儿、越是正儿八经地要他做这件事儿、越是要求他将这件事儿做得正儿八经，他就越是觉得不习惯。那些刀，使他觉得陌生，他有点不喜欢它们了。

梅纹说："你该收收心了，你的心太野了。"

梅纹说："你照原先那样刻下去，是毫无意义的。最多就是一个破坏分子。"

她不由分说地将他重新召回那间小屋，按她设想的步骤，像牵一条野惯了的牛一般，坚决地牵着他。

他只好顺从她。

从他的爸爸妈妈到全体稻香渡中学的老师，都十分惊异她所具有的力量。

她记着杜子渐的一句话："他只不过是一个顽童而已。"她不同意杜子渐的判断，但又觉得多少有点道理。不过，她觉得自己很有把握。细米雕刻的对象是木头，而她雕刻的对象是细米。像细米看到木头就心痒难熬一样，她看到细米，就有一股强烈的欲望：我要带他一同前行。她相信自己，也相信细米。

更准确一点地说，细米之所以开始有点拒绝雕塑，是因为当他一走进那间小屋时，就会感到一种压力——这种压力是过去在乱刻时所没有的。

梅纹对细米的心态似乎了如指掌,她尽量使他感到轻松。比如说今天,现在已是下午四点钟了,她才出来寻找细米,让他回那间小屋——小屋里有一件作品才刚刚开始。

　　像这里的所有孩子一样,细米十分迷恋大河。往往是从早晨开始,他就沉浸在大河给他带来的愉悦之中。

　　烈日炎炎,河水却凉丝丝的,浸泡于其中,真是叫人快乐。

　　女孩们也喜欢大河,但女孩们喜欢大河的一个很重要的原因是男孩们喜爱大河,她们喜爱坐在岸边或伏在桥栏杆上看男孩们在水中嬉耍。

　　红藕一直就伏在桥栏杆上看着。

　　水中的细米像一条鱼。他的身体细长而结实,仿佛通体涂了油,一旦在水中游动起来,很少有人能够赶上他。侧泳时露出的肩头,远看极像鱼露出的一线脊背。

　　水中的细米像一只鱼鹰。他能一个猛子扎出去好几十米,在水下的时间长得让人心里担忧。

　　水中的细米又像一只鹅。他累了,就轻轻浮在水面上,一浮就是半天,随风漂去,大河成了一张床,他好像睡着了。

　　红藕看细米在水中,看得很入神。

　　细米也喜欢红藕看他在水中。

　　红藕还负责看管细米的鞋和衣服。

　　梅纹往大桥这边走来了。

　　这是一座横跨大河的桥,一座年代久远的大木桥,有栏杆,很宽,弧形,弧顶距离水面很远,水小时,矮杆的帆船不落帆都能从桥下经过。

　　稻香渡的孩子们游泳,一般都集中在这座大桥下。他们在这里跳水,在大桥的阴影下游来游去,累了,他们会随时抱住桥柱。他们还会顺着桥柱爬上来,然后在大桥的支架间来回攀登,最后一直爬到桥面上来。他们还会顺着桥柱往深水处下沉,然后抓上一两条喜爱生活于桥柱周围的一种黑黑的、呆头呆脑的大嘴巴鱼,他们在水中的许多游戏,都与这座大桥有关。

红藕先看到了梅纹。她对正在桥上作跳水准备的细米喊道:"细米,梅纹姐来了。"

细米掉头一看,见梅纹正朝这边走来,他放弃了原先所选定的跳水高度,爬上了大桥上方那道彩虹一般弯曲着的拱形拉梁。

红藕叫着:"细米,你要干什么?"

水中的、岸上的、桥上的,所有的人都看着细米。

细米的身体像一只蜥蜴伏在拱梁上,一点一点地朝拱顶爬行着。

稻香渡很少有人有胆量敢爬上拱梁。

细米感觉到大桥在晃动。他有点害怕了,浑身开始流汗。他想退回去,但在无数双目光的注视下——更因为梅纹已经离大桥不远了,他只好硬着头皮继续往拱顶爬去。风一吹,汗珠纷纷飘落下来。汗珠飘落到了红藕的脸上,她紧张地抱着他的鞋和衣服,不知道该不该喊细米,她怕她的喊声会使细米大吃一惊而从拱梁上摔下来,不喊,心又悬到了嗓子眼。她只能在嘴里小声地念叨着:"细米,细米,你慢点,你慢点……"

梅纹走上了桥头,当她抬头看见匍匐在拱顶之上的细米,顿时觉得有点天旋地转。她下意识地用双手扶住了桥的栏杆。

细米却忽然无所畏惧了,他慢慢地在拱顶上站了起来。

站得很直,阳光照在被汗水弄得十分潮湿的背上。这是一个细溜的、有着动人的曲线的脊背,在阳光下闪耀着古铜色的亮光。

细米没有立即跳进大河。他很有一番展览之心,于是就像一尊塑像凝固在天空下。

一只很大的水泥船将要从桥下经过,驾船的人仰头看拱顶上的细米看呆了,忘记了掌舵,船沉重地撞在了桥柱上。

大桥整个地颤动了一下。

细米的身体失去平衡,晃动起来,但他最终还是保持住了平衡。

所有的人都长吁了一声。

细米慢慢舒展开双臂。他有一种飞翔的感觉。他将这个动作又保留了一段时间——他喜欢这个动作,这个动作让他陶醉。

就在人们呆呆地望着他时,他突然将双臂合拢在眼前,然后纵身一跃,双手合成一把利剑,头冲下,从拱顶上向大河坠落。随着"咚"的一声,水面上怒放出一朵水花。

梅纹与红藕同时惊叫,并随即鼓掌。

在水中的细米隐隐约约地听到了人们的欢呼声,但他没有立即钻出水面。因为发生了一件最糟糕的事情:他在扎入水中时,一股强劲向上反冲的水流将他的那件松紧带已经失去弹性的裤衩一下剥了下去,现在他是一个光腚儿!

细米想到梅纹与红藕都在桥上观望着,害羞死了。他憋着气,凭着印象,向不远处的芦苇丛潜游过去。

所有的人都在观察着水面上的动静。

细米终于潜游进芦苇丛里。他钻出水面时,脸已憋青了。明明没有人能看到他,但他还是用双手紧紧捂住了裤裆。他往深处又钻了十几米,然后就蹲在了那里。

见时间这么长了,细米还没有出现在水面上,岸上、桥上观望的人不禁都有点紧张起来。

红藕第一个喊了起来:"细米! ——"

后来,很多人喊了起来:"细米! ——"

梅纹的手紧紧抓着桥栏杆。

当细米听到红藕带哭腔的喊声时,他蹲在那里大声回答:"我在这儿!"

所有的人都长长出一口气。

红藕问:"你在那里干什么?"

细米不知如何回答。

红藕又大声问:"你在那里干什么?"

细米看见几只觅食的鸭子走进了芦苇丛,大声说:"我在找鸭蛋!"

梅纹说:"细米,该回家啦!"

细米想:我怎么回家?他几乎一点办法也没有,就蹲在地上硬抗着。

小七子来了。小七子发现了一条在水中半隐半现的小红裤衩。他顺手从人家篱笆上拔了一根竹子,将那红裤衩捞了起来,然后像举一面旗帜,将它举在了空中。

不知是谁说了一句:"这是细米的。"

但大家都没有往细米的裤衩被水剥了去这件事情上想,只当不知是从什么地方漂来了一件小裤衩。

梅纹又叫道:"细米,快回家呀!"

小七子说:"他回不了家了,他不会走出那片芦苇丛的。"他认定这件小裤衩就是细米的。

细米蹲在芦苇丛里,大声说:"你们先回去吧,我马上就回去！我要再捡一会儿鸭蛋！我已捡了好几只鸭蛋了！"

梅纹说："那我们就在桥上等你！"

就在细米感到很绝望的时候，朱金根出现了。他在芦苇丛中的浅塘里摸螺蛳，一路摸过来，正好走到了这里。

朱金根惊讶地问："细米，你蹲在这里干嘛？"

细米不知道如何回答他。

"是蹲在那里屙屎吗？"朱金根下意识地嗅了嗅鼻子。

"你才屙屎哪！"

"那你蹲在那里干什么？"

"我愿意蹲在这儿。"

朱金根终于发现细米没有穿裤衩，说："细米，你不要脸，你怎么光屁股？"

细米连忙将手指放在唇上："嘘——"

朱金根也蹲下了，低声问："你怎么光屁股？"

这时，细米目光落在了朱金根的裤衩上。

"说呀，你怎么光屁股？"他站起身，踮起脚，越过芦苇，看到了桥上的梅纹、红藕和很多女孩，又蹲了下来，"你不说，我可要向她们大声喊了！"

就在朱金根站起身来的一刹那间，细米已有了主意。他朝芦苇深处指了指："小声点，有野鸭在生蛋，我在等哪。"

朱金根朝芦苇深处张望着。

"我刚才看见好几只野鸭转来转去的，我就知道它们在找地方下蛋呢。想找个软和一点的地方，可芦苇丛里尽是芦苇茬和毛刺刺的杂草。我就把我的裤衩脱下了……"

"脱裤衩干什么？"

"你没有看见喜鹊、乌鸦做窝吗？它们到处飞，到处找，找什么？找布条回来做窝，布条软和。去年春天，我的一条裤衩晾在篱笆上晒,不就被一只乌鸦叼走了? 我妈还追了好一阵呢。我们班的同学也帮着追了。"

朱金根说:"我怎么就不知道呢?"

"你那天生病没有来上学。"细米望着芦苇深处,"我把裤衩,做成一个软乎乎的窝放在了草丛里。"

"野鸭看见了吗?"

"看见啦。我伏在那里看,就见它绕着窝转呀转呀,过不一会儿,就跳进去了。再过一会儿,差不多就能把蛋生下了。"

朱金根很羡慕。

细米问:"你不想也让野鸭生只蛋?"

朱金根点点头。

细米说:"刚才,我看见那边也有两只野鸭在找下蛋的地方呢。"

朱金根看了看自己的裤衩。

"脱下吧,让我给你悄悄拿过来。"

朱金根有点害臊。

细米说:"这里也没有女生。"

"野鸭能在上面下蛋吗?"

"能。"

朱金根就将裤衩脱下了。

细米拿过了朱金根的裤衩,还淘气地用手指弹了一下朱金根的小家伙,然后往芦苇深处走去。

当朱金根意识到上了细米的当时,细米已经穿了他的裤衩钻出芦苇丛,"扑通"扎入水中,边游边喊:"我来啦! ——"

朱金根冲出芦苇丛:"细米! ——"突然意识到自己是光屁股,立即蹲了下去。

在小七子举着细米的裤衩来回走动、等着看细米如何出水时，细米却穿着裤衩爬上了岸。

　　小七子呆了，于是，他手中的旗帜就倒下了。

　　细米看见了朱金根的弟弟朱银根，说："你哥光着屁股蹲在芦苇丛里呢。"

　　"他的裤衩呢。"

　　细米指了指小七子放弃了的裤衩说："在那儿。"

　　这时，细米的妈妈兴冲冲地过来了，见了梅纹说："快回家。细米他爸有好消息告诉你。"

　　回家的路上，细米就一个劲地追问："妈，是什么好消息？"

　　红藕也缠住细米的妈妈："舅妈，说嘛。"

　　妈妈说："你们的纹纹姐要做老师啦！"

　　细米与红藕的眼睛一亮，站在那儿不动了，随即一前一后，大呼小叫地朝稻香渡中学的大门跑去……

第四章　太阳落进大河我回家

1

梅纹得知自己已成为稻香渡中学的一名教师后,大约过了一个星期,突然收到了一封来信。看完这封信,她泪水盈眶,甚至哭出了声。

细米一家人不知道发生了什么,但却又见梅纹的脸上只是激动与喜悦,感到十分困惑。

信在梅纹手中颤抖着。她说:"爸爸妈妈打听到了我插队的地方,来信了……"

细米的妈妈忙问:"他们都好吗?"

"好,都挺好的。他们离家后,就一直住在山里,就在那里劳动,也没有什么。信中说,他俩吃得香睡得香,妈妈长胖了,爸爸原先有高血压,现在也不高了。爸爸还是离不开那些木头,说那山里有一种树,材质好极了,特别适合用于雕刻。爸爸说,等回苏州的那一天,他一定要带一些回去。他们说,用不了多久,他们就能回苏州城里了……"

听罢,细米一家人都为梅纹高兴。

晚上，梅纹给爸爸妈妈写了一封长信。她告诉爸爸妈妈，她住在一个好人家。她说到了杜子渐，说到了细米的妈妈，说到了稻香渡中学的老师，说到了稻香渡——稻香渡的天、稻香渡的麦地与芦苇、稻香渡的河流与村庄。她告诉他们，稻香渡是画，以前她从未见到过的画——即使以后回到了苏州，她也会抽空回这里来的。当然，她也说到了稻香渡的辛酸以及她在这里所经受的一切磨难。她说到了郁容晚——她的容晚哥。她将他们离开她后容晚哥怎么带着她的情况，一一地写在了信上。她告诉他们，容晚哥现在常来看她。她对他们说，她这一辈子最喜欢的乐器大概就是口琴了。信上说得最多的是细米。她向爸爸妈妈详细地描述了这个男孩。她说她从未见过这样一个富有灵性的有着惊人天赋的男孩。她说，爸爸若是遇到这个男孩，才算是真正的缘分呢，因为他也对木头着迷。她说到了他的天真、野性与许多让人好笑的举动。她告诉爸爸妈妈，她喜欢这个男孩，喜欢，非常非常地喜欢，她永远也不可能忘记这个男孩。

　　写完信，已经是深夜。

　　梅纹拉开门，走到屋外。

　　月色清亮，那道白栅栏显得比白天的长，但根根可数。她甚至能看到爬上栅栏的牵牛花是淡紫色的，像一支支小喇叭。

　　栅栏那边，细米家早已熄灯，此刻大概正在酣睡之中。

　　翘翘听到动静跑过来了，站起身子，将两只前腿搭在栅栏上，发出一种亲昵的喘息声，并伸出湿软的舌头舔着梅纹的手背。

　　她微闭双目，心中感到有一种说不出的柔和与惬意……

2

夏天过去,秋天来了。

原先像一口巨大蒸笼的大地,一夜间散去了滚滚涌动的
热气。世界万物,从暑热造成的大喘气中,慢慢平静下
来——秋天的呼吸是均匀而细声细气的。

被暑热搞得精瘦精瘦、眼睛都变大了的孩子们,在一个
明亮的早晨,从四面八方走向、跑向稻香渡中学——开学了。

梅纹与稻香渡中学的全体老师一道,站在那座大祠堂的
廊下,向校门口望着,用目光迎接孩子们的返校。她有点不
好意思,甚至有点胆怯。

孩子们路过大祠堂,见到梅纹时,总会在眼中闪出新奇
的亮光。

梅纹的分工是担任初二班班主任,并负责教初一、初二、
初三一共三个班的美术课。

相对于沉重的田间劳动,这份工作无疑是轻松的。梅纹
天天有一份好心情。当夜幕降临,郁容晚来到荷塘边吹响口
琴时,她会快乐地走到塘边,甚至会随着口琴轻声唱起来,给
秋天的乡野酿出一派恬静与安适。

她已不是刚刚从苏州城来的那个女孩。稻香渡的风,稻
香渡的雨,稻香渡的太阳与月亮,稻香渡的稻谷与河水,淡去
了她的苍白与薄弱,柔韧还在,但却又多出一份恰到好处的
结实。自从与孩子们相处之后,她的性格里又有了开朗与
活泼。

让她最高兴的是,现在她有了闲暇。闲暇是宝贵的,在
劳碌不宁的乡村,就越发显得宝贵。她为这份闲暇而感动,

而激动,甚至陶醉。她一心要珍惜它。星期天和每天放学以后,她经常会背起画夹、调色板等,到田野上去。她会邀细米一起去,理由很简单,她还不熟悉这里的一切。对于细米,她心中有一套完整而细密的计划。她不想对细米说太多的道理——那些道理对于细米而言,几乎是无用的。她要用另外的方式。当年,爸爸妈妈就是用这种方式,将她从重复的、无休止的玩耍中拉拢到他们的世界里去的。细米需要由她来细说——细说天地。细米看一切,还是混沌的,囫囵个的。她要让细米知道天地万物的妙处与万种风情。细米的功课不仅在那间小屋,更在天地间。

让梅纹见到细米,或者说让细米见到梅纹,大概是天意。

梅纹作画,细米看画。但与其说是梅纹作画,还不如说梅纹是为细米而作画。

坐在大堤上,她一边画水边的风车,一边说:"目光不能太快、太浮,要学会停住,学会停住后凝视。就是说盯着看。你看着看着,就见那个被你盯着看的事物呈现出许多新鲜的东西,这些东西是你过去根本没有发现的。就说这片树叶,你仔细看着,仔细看着……看见了吗?阳光正从它的背面照过来,它成了透明的,你看,它是有脉络的,很好看的脉络。稻香渡到处是大河、小河、河汊,那叫什么,叫水系。而这片树叶的脉络就是这个世界上最小最精致的水系。你再听,用心去听,你还能听到有细细的流水声呢。你不这样去看树叶,就等于你没有看到树叶……"

细米摘下一片树叶,在阳光下照着,样子呆头呆脑。

"在这片天空下,没一样不值得你去关注与凝视。只要沉下心来,屏住呼吸去看,你就一定会得到回报。你朝前看,再朝前看……看到了吗?"

"是个放鸭的。"

田野上站着一个放鸭的老人。他光着的脑袋，像涂了油一般在闪亮。他披着一件遮太阳和擦汗用的方纱巾。他两腿张开，面朝东方，一只手插在腰间，一只手拉着放鸭的竹竿，那竹竿的顶端垂挂下一个赶鸭用的草把儿。田野上有风，那方纱巾舒展开来，飘动起来，像是一对翅膀。当时，红日西沉，残阳从西边地平线上将光反射到空中，这个人影便成了一个黑色的、高大的剪影。

梅纹用双手做成一个窗子放在细米眼前："你看。"

细米透过"窗子"往前看着。

梅纹问："是一幅画吗？"

细米出神地看着，傻呆呆地笑了。

那是一个星期天，梅纹坐在小河边的柳树下，看着大河边上的一座砖窑。那时砖窑刚熄火，窑工们正挑水从窑顶上往窑中慢慢浸水，窑顶上冒着烟。梅纹觉得这烟是水彩画的一个好题材，就坐在那儿端详起来。

细米有点迷惑不解。

梅纹说："你心里在说：这烟有什么好画的？可是，你不觉得这烟很好看吗？你看它的样子，摇摇摆摆虚幻不定。说是一股烟，可它在动，在生长。你能说它没有生命吗？它先是升腾、升腾，后来就融化在了天空里……"她不再说话，很宁静地画着。过了很久，她才又对细米说："这烟叫湿烟。湿烟有湿烟的样子，湿烟沉，呆，笨笨的，像一个人，有点懵懂、憨厚。"她无意间发现不远处的河滩上，正有两个孩子在放火烧草。那草已经枯黄，又被秋风所吹，去净了水分，变得轻而脆，火很轻易就烧着了它们。她放下画笔，指着那里的烟说："你看那烟，就不一样了。人常说，一阵轻烟——那烟才叫轻呢。它没有负担,没有拖累,轻得没有一点点分量,你看它飘起来时,多轻松,好像有,又好像没有。这世界上的东西,你只要仔细看,其实都不一样的,它们就是它们自己……"

细米双手托着下巴,目光迷惘而空洞。细米被说动,被震撼。他在向梅纹的世界靠拢时,显示出来的却正是这番无知的样子。

在喜欢大河中的嬉水声、棉花地里追野兔的吵嚷声的同时,细米正在喜欢另样的东西——那些普通乡下孩子所无法感觉与领悟的东西。

那间小屋正在一点一点地收拢着他的心……

3

这天,梅纹批改完作业后,看了一份这地方上的报纸。最初,也没有什么,但当她刚走出办公室时,突然又想起了报上的一条消息:县文化馆将在一个月后举行业余艺术创作展,现正在征集作品。她转身回去,抓起了报纸,就往细米家走。

那时,细米正在小屋里雕刻一件小小的作品。

她将这个消息告诉了细米,但细米无动于衷,因为他不知道这个消息与他有什么关系。

梅纹说:"将你的作品拿出来,让他们展览。"

当时,细米的样子是:他不知道她在说些什么。

"你要拿你的这些作品去参加展览,懂吗?"

细米显得手足无措。

梅纹望着在窗台上、架子上、桌子上到处放着的作品说:"我们要从中选出五六件、七八件最好的。还有一段时间,你可以再雕刻出一两件来。你手头上的这一件就不错……"梅纹低头看了看,"扑哧"一声笑了。

这件作品高不过一尺,造型生动有趣:一个小男孩好像被什么所吸引,在往前跑,一条狗却咬住了他的裤子,人向前倾,狗向后拉,男孩的裤子被扯了下来,露出半边光溜溜的屁股来。

梅纹越看越觉得好笑,直笑出了眼泪。

细米指着那个男孩说:"他是朱银根,那天,他到我家来玩,正玩着,就听到了院门外有人在跑,有人在叫,不知发生了什么事,朱银根起身就要往外跑,翘翘不让他走,要他再玩一会儿,就一口咬住了他的裤子……就这个样子,……"他自己看着看着也笑了。

梅纹指着那个屁股蛋说:"用圆口刀轻轻地轻轻地去掉一些,让它有一个浅浅的小坑,肌肉就有了紧张感,这样,就会觉得他在用力往前跑。还有这儿,是不该用圆口刀的。圆口刀刻出来的比较柔和。应该用方口刀,刷的一刀下去,马上就显出力量来了。但要在心里想好了深浅——这雕刻最要记住的就是不能有错刀,一旦错了,就是个永远无法弥补的遗憾。事实上,一件作品,并不是用刀子刻出来的——在刀子刻出来之前,已被自己的心刻好了……你先别管参加展览的事,我会来帮你挑选作品的。现在最要紧的是,你没有好木料。这两天,我们必须再找到几块像样的木料,有时,一块好木料放在那儿,你即使一点都没有动它,就让你满心喜欢了。"

接下来,一连好几天时间,梅纹和细米就到处寻觅木料。

大河上,会经常驶过一些装运木料、树根的船。它们不知是从什么地方过来的,也不知要到什么地方去。谁家要用木材了,就站在大河边喊:"想买几根木头盖房子!""要买块好木料箍桶!"……船上人听到了,就将船向岸边靠过来。然后双方就谈生意,也许谈成了,也许没有谈成。若没有谈成,想买木料的,依然蹲在河边上,很耐心地等下一条船过来,而这只船就依然走它的路。

他们曾经看中过一块木料,但那块木料太大,而且价格太贵,不是他们能够买得起的,只好眼巴巴地看着那条船走掉了。

实在没有什么木料可用来雕刻了,最后勉强买了一块。梅纹说:"质量还不错,但纹理太张扬了。"拿回家细看了两天,心里还是不太满意。

杜子渐说:"大河边上的那口砖窑不烧煤,只烧树根,隔不几天,就会要下一大船树根。这些树根都是从远地运来的,有南方的树根,也有北方的树根,堆成了山,也许那里头能找出几个有用的来。"

细米领着梅纹来到砖窑堆放树根的场地上。那树根真是堆成了山,很壮观。然而,他们从早找到晚,也没有找到一个有用的树根,都是些只配当柴禾的孬材。两个人一无所获,却弄得衣服泥迹斑斑,梅纹的手在翻动树根时,还被树皮割破流出血来。

两个人筋疲力尽,望望那座根山,叹息了一声往回走。

细米走着走着,有点不死心,又回头看了一眼那座根山,脚下没留意,被散落在路上的一个大树根绊倒了,"咕咚"摔在地上,肚子压在了树根上,双腿翘起,脸枰在了地上,肚子被硌得十分疼痛不算,脸颊还被擦破了皮,鼻子血流如注。

梅纹连忙从后面跑上来,从地上拉起了细米。就在这时,她惊喜地叫起来:"细米,这是一个好树根!"她一条腿跪在地上,另一条腿半跪着,仔细察看那个树根。

细米顿时不觉疼痛，蹲在树根旁，鼻子里流的血，一滴一滴地落在树根上。

"天哪，这是什么树的树根呀，这么好的木质！"梅纹用手轻轻拍着树根，十分激动。

他们问窑上的人他们如果拉走这个树根要付多少钱，窑上的人说："一个破树根，再说是杜校长家的儿子想要，给什么钱呀！拉走吧！"窑上的人还给了他们一根绳子。

他们用绳子捆住树根，就将它往家中拖去，一路拖，一路轻轻打着号子。

遇到他们的人，都好奇地看着……

4

细米又雕刻了两件作品。这两件作品，梅纹都喜欢。一件作品好像雕刻的就是她——她割麦子割得十分疲倦的情景：一个女孩儿戴着草帽，左手扶着似乎要断裂的腰，仰起头来，朝天空打着哈欠，右臂舒张开，手中拿了一把月牙形的镰刀，蹲在她脚下的是一只狗，与她呼应着，也仰头望着天空，与这女孩儿一道打着哈欠。另一件作品造型简单，但构思绝妙：一只大大的鞋，鞋壳里睡着一只小小的猫。

梅纹一共挑选了八件大小不一的作品。

杜子渐与细米的妈妈也都在场。

他们没有专门的盒子或箱子来盛放这些作品，就尽量在外面多包裹一些东西，床单、被面、棉絮，甚至连内衣内裤都用上了。梅纹一边包裹这些作品一边笑。最后，他们将这些作品分别装入两只竹箩里。

他们坐了六七个小时的轮船，到达县城时，已是下午四点钟了。下了轮船,他们一人扛了一只箩,就连忙往县文化馆赶。扛到县文化馆大门口时,两个人再也走不动了,就将箩放在地上。细米蹲在墙根下,梅纹则用手扶着梧桐树,两人声音粗细不一地在那儿喘气。等稍微恢复了一点力气,才朝大门里走。

门卫拦住问:"你们要去哪儿?"

梅纹说:"我们是送作品来参展的。"

门卫很吃惊:"妈呀,什么作品用两只箩装来呀?"

梅纹说:"雕塑。"

门卫不懂什么叫雕塑,用手往里面的一座三层小楼一指:"征集办公室在三楼。"

两人扛了箩进了文化馆的院子,走到了那座小楼的门口。

梅纹说:"扛不上去了,我去叫他们人下来。"

细米点点头,就坐在门口的台阶上,木讷地看着两只箩。

过一会儿,走来一个人。他皱了皱眉头,说:"卖梨的怎么卖到院子里来了?"

这个县城里卖梨卖西瓜的,都是用箩来盛。

细米声音很低地说:"我们不是卖梨的。"

"不是卖梨的?"那人疑惑地看着箩,又看着细米,也没心思搞个明白,便上楼了。

院门外传来叫卖声:"卖梨唻,卖梨唻……"

细米掉头去看院门外,就见一个乡下人用扁担挑了两箩梨正从门前走过,那箩与他们的一模一样。细米看了看他们的箩,偷偷地笑了,露出一嘴雪白而可爱的牙齿。

不知过了多久,有两个人跟着梅纹从楼上下来了。这两个人穿着很干净,看上去很斯文。见了两只箩停放在门口,其中一个笑了起来："怎么像卖梨的呀？"

细米听了，像被人挠了痒痒似的笑起来，想控制都控制不住，只好用手捂住嘴巴，这笑声受了阻力仍不肯收住，就发出"噗噗噗"的声音。

梅纹问："细米，你笑什么？"

细米好不容易才让自己不笑。

他们将箩里的作品一件一件地拿出来，或放在台阶上，或放在不远处的花坛上。

细米不紧张，紧张的是梅纹。

那两个人绕着作品转来转去，后来，一个不住地向前退后地打量那些作品，另一个则站着不动，身体微微后倾，左手被右臂压在腋下，右手的大拇指与食指轻轻捏着下巴，姿势十分优雅地欣赏着这些作品。

看到最后，谁也没有作结论。其中的一个问梅纹："都是你的作品？"

梅纹将手放在细米的肩上："不，是他的。"

文化馆的两个人都很惊讶，然后，又去重新打量，一个向前退后，一个再次呈现出那样一种姿势。这么看了半天，依然不作结论。两人交换了一下眼色，笑笑。不知为何意，是说这作品幼稚可笑呢？还是喜欢、赞许？

眼看要到文化馆的下班时间了，梅纹心里有点发慌，便走上前去，开始介绍那些作品："你们看这一件，构思挺奇特的。一头水牛，两只这么长的角，有点夸张，有意思的是左右两只长角上各站了三只鱼鹰，每只鱼鹰的姿势还不一样，有打瞌睡的，有扇翅膀的，还有伸长了脖子用喙去梳理牛眼睛周围的毛的，看，牛的这一只眼睛舒适地闭上了……"

两人中的一个说："有点怪。"

细米脸红红的,说:"小船两旁让鱼鹰站的横枝,就是像牛角。"

另一个说:"可那是船。"

细米说:"我们那里的小孩没有船过河时,就骑牛过河,牛就是船。"

他们两个都说:"有意思。"

墙上的电铃响了,下班的时间到了。

"刘亮,你看怎么样?"那个向前退后的问。

"老许,你说吧。"用大拇指与食指轻轻捏住下巴的那个说。

"你说吧。"

"还是你说吧。"

叫"老许"的那个从裤兜里掏出烟,点着,抽着。

梅纹与细米就觉得时间被抻得长长的,心越发悬悬的。

老许又开始向前退后地看,生怕看走眼了。过了一会儿,说:"还行,作为一个孩子的作品嘛……"

梅纹连忙说:"这可不是一个孩子的作品。"

老许宽厚地笑了:"还是一个孩子的作品。"

梅纹没有争辩。

老许说:"参加展览嘛,也行。不过,孩子的作品是否可以参加展览,事先还真没有考虑过。"

那个叫"刘亮"的说:"有点麻烦。若说孩子的作品也可以展览,县一中、县二中、城南中学、城北中学,有美术才能的学生有的是呀。可我们这次展览并没有将他们算在内。"

老许说:"这是个事。"

梅纹急切地说:"他的不一样。"

老许笑笑,刘亮跟着也笑笑。

梅纹说:"如果你们觉得八件作品嫌多,就挑选几件,不过占展厅的一角。"

老许看了看手表:"要么这样,你将它们都放在文化馆,人先回去,过两天再来听消息。"

梅纹说:"我们路远,想现在就得到一个确切的看法。"

老许问:"你们家在哪儿?"

细米说:"稻香渡。"

刘亮说:"是挺远的。"

老许有点为难:"那得请示刘馆长。"

梅纹说:"我们现在就请刘馆长看一看呢?"

刘亮说:"刘馆长下乡看演出去了,明天才能回来。"

梅纹看了一眼细米,说:"我们等他。"

老许说:"那也好,也许没有希望,也许有希望。"

梅纹与细米将那些作品又一件件重新包裹好,放回箩中,然后一人扛了一只,离开了文化馆。

5

两人走上了大街。

梅纹说:"我们先去找一家旅馆住下。"

他们就一路找旅馆,路过一家卖雕刻刀的小铺时,他们将箩放在门口,由细米看着,梅纹就进了铺子。细米用坏了两把刻刀,得补上,另外还得再买几把。梅纹挑了又挑,挑了几把合手的,在一块木料上试了试,觉得不错,付了钱,走出铺子,这时街两边的路灯亮了。

梅纹说:"我已问了,再往前走一百米,就有一家旅馆。"

两人扛了箩,接着往前走。

走了一阵,细米看见了一个铺子,说:"那家铺子卖石料和木料。"

"看看吗?"

"不看。"

"看看吧。"

细米站着不动。

"走,去看看。我扛不动了,正好歇一会儿。"

两人走到铺子门口,放下了肩上的箩。

细米说:"我看着,你去看吧。"

梅纹说:"我们一起去看吧。"

细米说:"我不看了。"

梅纹将两只箩都拉进门里:"走,一起去看。"

小铺子里很杂乱,东西到处堆放着。

木料大大小小倒是有一些,但都不是好料,没有一块能让梅纹和细米动心的。看了看,两人就很失望地往门外走。

店主叫住他们:"你们想买吗?"

梅纹说:"想买呀。"

店主说:"这里倒有一块,不知你们能否相中。"说着,转身走向阁楼。过了一会儿,捧出一个用麻布包着的东西下来了。他将它放在柜台上,一层一层地打开后,露出的是旧了的白绸。白绸再打开,就露出一块长一尺左右的木料来。他怕梅纹和细米看不清楚,就将吊着的电灯降下一截来,让灯光明亮地照着那块木料。

那木料在灯光下泛着古朴的光泽,像是遥远年代里的一件器物。

"是黄杨,这黄杨截成料,少说也得有三四十年了。这木料,收藏越久,颜色越好,由浅入深,一天比一天耐看。"店主说。

细米伸手去摸了摸,觉得那木料凉丝丝的。

"是城南一个搞木雕的人托我卖的,他爱人生了大病,缺钱。我心疼这块木料,就想自己留下了。可我留它又有什么用?"

梅纹问:"多少钱?"

店主举起了两根指头。

细米不禁吐了一下舌头。

梅纹从口袋里掏出全部的钱,数了数,问:"能便宜一些吗?"

店主说:"我没有多要。是人家物主说的价。放在过去生意好,我就不卖了。这年头,没有多少人往我这店里跑,你们能来,我高兴,才卖的。"

梅纹低声对细米说:"买了木料,就没有钱住旅馆了。"

细米牵了牵梅纹的衣角说:"我们走吧。"

梅纹又看了一眼那块木料,只好与细米一道,扛起箩离开了这个小铺子。

路上,梅纹问:"我们就在街上,随便找个地方呆一夜,行吗?"

细米当然行,细米无数次地在田野里、芦苇丛里过过夜。但细米坚决地摇了摇头,他记着妈妈的叮嘱:"你是男孩,出门要照顾好你姐姐。"细米想:怎么也不能让梅纹露宿在大街上的。

梅纹明白细米的心意,不吭声,跟着他往前走。行人、自行车不停地从他们身边闪过,总觉得会撞到他们身上,便小心翼翼地躲闪着。

"那块木料,难得。"梅纹心中依然在惦记那块木料。

"难得,也不要。"细米说。

看见旅馆了——"胜利旅馆"的牌子被灯温暖地照亮着。

梅纹放下箩,对细米说:"我再去看一眼——我不买。"还不等细米表示同意,她就转身朝那个小铺子急匆匆地走去。

细米看到她的身影一会儿出现了,一会儿又被行人挡住了。

细米知道,梅纹身上的钱,除了几块是妈妈给的,剩下的就是她的工资——第一个月的工资,十八块。

细米坐在马路牙上,在昏暗的路灯下守着两只箩。

过了很久,梅纹兴冲冲地跑了回来。她怀里抱着那个麻布包包。走到细米跟前,她有点歉意地说:"我刚才看到了一个很好的地方,夜里,我们可以呆在那儿。"她的口气好像是他们今晚将要在一个很舒适的饭店下榻一样。

细米看着她将木头放进箩里,一言不发。

梅纹说:"饭钱、船票钱,都留够了。"

他们在街边小摊上简单地吃了一顿晚饭之后,没有心思再去逛街了,一是因为折腾了一整天,现在困了,二是因为有两只箩,走动起来也不方便,就早早地来到了那个"很好的地方"——电影院的廊下。

地方还真是个好地方,很宽敞。

他们将包裹木雕的床单、被面等先临时撤了下来,铺在地上。

细米将刚刚买的那块木料从箩中取出,又把一条包裹一件小木雕的毛巾取下,正好做成一个枕头:"这是你的枕头。"那样子倒好像他大,梅纹小。

"你呢?"梅纹问。

"我不用枕头。"

　　两人离着两尺多远躺着,都睡不着,梅纹就和细米说话。
细米只听不说。梅纹说了许多关于雕塑的事之后,说到了苏
州城。她向细米描述着苏州河、虎丘塔、无数条深深的小巷
以及她家原先住的一幢青瓦小楼……

　　街上的行人渐渐稀少,城外的大河上,有夜行的轮船行
过,偶尔响起一阵汽笛声。

　　后来,他们就睡着了。

　　不知是什么时候,细米又醒来了。

　　已是秋后,夜间很有一番凉意,细米醒来后就再也睡不
着了。

　　梅纹却似乎睡得很香。

　　细米想:她不会受凉吧?可是他不知道怎么办,只好呆
呆地看着睡在蒙眬里的梅纹。他轻轻坐了起来,抱着双腿,
无神地看着大街。

　　街两边的梧桐树,在风中飘着落叶。风渐渐大起来,吹
得地上的落叶纷纷向前跑,像一群大老鼠,又像是一群低空
飞翔的褐色的鸟。

　　凉意越来越深。

　　细米看了看梅纹,在心里担忧着。可他真是一点办法也
没有,后来,他起来,将两只箩轻轻挪到风口上。他想:这样
也许会为她挡住一些凉风。

　　一个流浪的男孩,在深夜的大街上东张西望,好像是在
找吃的。

　　大街空空的,只有秋风与落叶。

　　后来,这个男孩看到了电影院的廊下的两只箩。他看了
好一阵,就借着梧桐树的影子溜了过来。

　　黑暗里,细米看着他,但没有惊动他,细米知道他在找

吃的。

男孩的眼睛在暗处发着黑漆漆的亮光。他趴下了，在台阶上爬着，朝箩爬来。

细米就用眼睛看着箩，过了一会儿，他看见有一只手从箩的那边爬了上来，又接着朝箩里爬去。那只手在箩里像一只小动物一样在搜索着。再接下来，就露出他的脑袋，另一只手也进入了箩里。这只箩让这个男孩失望了，就转向另一只箩。

细米终于憋不住地笑了："咯咯咯……"

那个男孩立即逃跑了。

梅纹被细米笑醒了，问："细米，你在笑什么？"

细米指着那个已逃向大街的男孩："他……他以为这箩里是梨呢……"他对他的笑又控制不住了。

梅纹用两只胳膊撑起身体，看到一个男孩正逃往街那边的黑暗里。

细米笑着笑着，却哭了起来。

梅纹连忙问："细米，你怎么啦？你怎么啦？"

细米将脸抵着膝盖，哭得"呜呜"的。

"告诉我，你怎么啦？"

细米躺下了，背朝梅纹。他竭力压住自己的哭声，但眼泪却一滴抢一滴地流在了枕在头底下的胳膊上……

第二天中午，他们等到了刘馆长。

刘馆长仔细看了看那些作品，说："有点意思。参展吧。"

他们要赶下午的轮船，将八件作品交给征集办公室后，便拿了箩，匆匆往轮船码头赶去。

一路上，梅纹一副兴高采烈的样子。

细米很有淘气的欲望，将箩套在头上，将自己的面孔全都遮住了。透过竹篾的缝隙往外看,他觉得一切都变了……

6

　　开展的那一天,梅纹与细米一家人,都特意打扮了一下,来到了县城,一路上有说有笑。杜子渐与细米的妈妈本来是不打算来的,但梅纹不肯,硬是说动了他们。她要让他们知道他们儿子的非同寻常。细米的妈妈是梅纹帮着打扮的,也是梅纹帮她梳的头。一边打扮,梅纹一边不住地"咯咯咯"地笑。出门时,梅纹叫了一声"校长",杜子渐停住了。她走上前来,将他衣服上的一根挑线轻轻掐断了。

　　这是节日。

　　下了轮船,他们就往文化馆走。

　　这是一个星期天,参观的人络绎不绝。

　　细米和梅纹在前,领着杜子渐与细米的妈妈,绕过前面一个个行人,很快来到了展厅。一楼二楼都有展厅。他们先进了第一展厅。别的作品不看,只是找细米的作品。细米的妈妈跟在后面,不住地问:"在哪儿呢?在哪儿呢?"找了一圈没有找着。

　　梅纹说:"大概在第二展厅。"

　　四个人又去了第二展厅,找了一圈,又没有找着。

　　梅纹说:"那就在第三展厅,一共有四个展厅呢。"

　　第三展厅在二楼,四人仔细找了一圈,还是没有找着。

　　细米的作品只能在第四展厅了。

　　"不用找了。"梅纹激动地对杜子渐和细米的妈妈说,"你们马上就要看到了!"她拉着细米妈妈的手,走进了最后一个展厅。

细米是第一个跑入第四展厅的,进去后,沿着参观的路线,一路小跑地寻找着自己的作品。跑着跑着,他停住了。他默默地望着写着"出口"字样的木牌。那是一对无望的眼睛。他的灵性好像突然消失,样子变得十分笨拙与呆傻,两只手不住地互相绞动着。

　　妈妈远远地问:"看到了吗?"

　　杜子渐似乎意识到了什么,走到展厅中央时便停住了。

　　梅纹的目光在展厅里急切地寻找着,样子像要着急过河,但没有渡船,便在岸边焦躁地走动与四下眺望。当她终于意识到细米的作品并没有被列入展览时,尴尬、失落、困惑、伤感,甚至是绝望,一起占据了她的身心。她走过去,与细米站在一起,一只胳膊绕过他的脖子,放在他瘦削的肩上。

　　杜子渐和细米的妈妈走来。在他们眼里,梅纹与细米一样,也还是一个孩子。细米的妈妈宽慰他们:"没有展就没有展呗,没什么大不了的。"杜子渐还笑了笑,说:"没有关系的。"

　　梅纹突然拉起细米的手,直往三楼而去。在那间大办公室里,他们找到了刘馆长。梅纹问:"展厅里为什么没有他的作品?"

　　"没有吗?"

　　"没有!"

　　刘馆长对一个工作人员说:"去叫老许、刘亮来我这儿。"然后招呼梅纹与细米坐下。

　　梅纹与细米不肯坐下。

　　杜子渐和细米的妈妈找到梅纹与细米时,老许与刘亮也到了。

　　刘馆长问:"为什么没有这孩子的作品参展?"

　　老许说:"交上来的作品太多,就这么大的地方,就将他的作品搁下了。"

刘馆长问："就这个理由?"

刘亮说："大家觉得,这只不过是小孩的玩意儿。"

梅纹十分生气:"小孩的玩意儿? 这是小孩的玩意儿吗?!"

刘亮问:"不是小孩的玩意儿,又是什么?"

"是艺术品!"梅纹蔑视地看着刘亮,"你懂艺术吗? 懂吗?!"

老许笑笑,还是那一番宽厚。

细米的妈妈说:"把东西还给我们!"

刘馆长问:"孩子的作品呢?"

老许指了指墙角:"在那儿。"

细米的作品与参展作品褪下的一堆废纸、废木条堆放在一起。那儿好像是一个垃圾堆。

梅纹冲过去,一边哭一边在那堆垃圾里翻找细米的作品。后来,细米、杜子渐、细米的妈妈一起过来翻找,才总算将八件作品都找到。

妈妈顺手拉过一只木箱,说:"往里装。"

老许连忙摆手:"别,别。"

妈妈说:"让我们把这些东西抱在怀里回去吗?"

一箱子只装了四件,妈妈又拉过一只箱子。

刘亮说:"那是别人装作品用的箱子。"

刘馆长将一张椅子"哗啦"一推,冲着刘亮:"天下就这两只箱子吗?"

装箱后,细米的妈妈扛了一只,梅纹与细米抬了一只。梅纹一直满眼泪水,在走出门去时,她掉头冲着老许、刘亮,说了声:"白痴!"

"你……你怎么骂人?"老许十分吃惊:一个看上去文文静静的女孩儿,怎么会骂人呢?

刘亮说:"也不是我们两个人的主意。"

梅纹抽泣着:"一群白痴!"

杜子渐叫了一声:"纹纹!"

细米的妈妈过来拉了她一把。

在走出文化馆的这一路上,梅纹都在哭。

他们本来是想在城里玩一天的,但现在一下子全都没了兴致,买了当日返回的船票,坐上了回家的轮船。梅纹和细米坐一排,杜子渐夫妇俩坐在他们的后一排。一路上,杜子渐夫妇俩不住地找些话说,但梅纹和细米却都不想说话。他们只是黯然无语地朝船外看,看大河,看岸,看岸上的村庄树木与无边无际的田野。

有两只即将南飞的燕子,一直随着轮船,上下飞舞。

地里的稻子正在等待收割,相对于夏天成熟的麦子,这是一种沉静的金色。

云雀在云端里鸣叫,衬出秋后的宁静与安详。

离开县城已经有十几里地,一直趴在栏杆上看船舷边跳动着的水花的细米说:"我以后不再刻了。"

梅纹问:"为什么?"

细米说:"我刻不好。"

梅纹问:"谁说的?"

细米不说话,这孩子已失去了自信心,显得蔫头耷脑。

梅纹说:"你怎么能相信他们的话呢? 他们不懂,根本不懂!"

轮船行出河口,水面豁然开阔,迎面而来的是无边的芦苇。此时的芦苇,秆儿根根金黄,有一种金条的富贵,而芦

花比开放时更白,更绒,更轻,它们在天空下随风飘荡,到处
银光闪烁。

细米的妈妈望着眼前的情景,对杜子渐说:"满眼的金,
满眼的银呢。"

7

梅纹买回了一块红绸,她比画着,让细米的妈妈缝了一
条横幅。然后用白纸剪了八个规规矩矩的仿宋字:杜细米
木雕作品展。然后小心翼翼地贴在横幅上。这天早晨,她
请林秀穗、冯醒城等人帮忙,将这条横幅挂在了细米家院门
的门头上。

那间小屋已被她精心布置。她拿出了细米所有的好作
品,或放在窗台上,或放在架子与桌子上,或挂在墙上。大大
小小的作品,处在高高低低的位置上。什么样的作品放在什
么样的位置上,都很讲究。她还帮细米分别给这些作品命
名——这些命名效果奇特,仿佛因为命名,它们一个个都获
得了灵魂。仰天打哈欠的女孩这一件,叫《疲倦的乡村》,睡
在一只大鞋壳里的猫这一件,叫《安详》,牛角上歇着鱼鹰的
这一件,叫《鹰之舟》,狗扯下男孩裤子的这一件,叫《玩一会
儿再走》……

第一批观众是细米的同学。正逢梅纹的美术课,她说:
"今天的美术课不在教室里上。"她领着他们走进了细米家的
院子。

院门口还立了一块牌子,上面写着:入口。

谁都知道细米喜欢用刀到处乱刻,但,并没有几个孩子
知道细米到底刻了些什么。当他们排着队,井然有序地走进

那间小屋,看到那么多的木雕时,都惊呆了。虽然他们像细米本人一样还并不能真正地理解这些作品,但,它们还是深深地吸引与打动了他们。那些被雕刻过的木头,蕴含着一股奇妙的力量。

这些只知道疯玩、玩起来没有头的孩子,却很留恋这间小屋,一时竟不肯离去。

后面进不来的同学就嚷嚷:"快点儿!"

又有一块牌子放在后门,上面写着:出口。

梅纹像一个工作人员一样站在出口处,微笑着,用手打着手势,意思是:请。

当他们长大成人,再看到"庄重"这个词时,一定会想到这一天。

参观结束后,正好是放学的时间。

细米站在院门口,目送他的同学们。

红藕一直背着双手站在不远处,等同学们全部离开后,她跑了过来,一下从身后拿出一大束五颜六色的花来。她把花举到细米面前。

细米下意识地将手藏到了背后。

红藕看了一眼微笑着站在白栅栏旁的梅纹,说:"她让我去田野上采的。"说着,将花塞在他怀里。

细米只好接住。

红藕转身回家了。

细米捧着花,像个十足的大傻瓜。

翘翘蹲在他面前,很迷惑地看着他……

第五章　买一根针,买一团线

1

　　当梅纹夹着课本走进教室时,同学们会霍地全体起立,大声喊道:"老——师——好!"那一刻,她总会有一阵感动。她总是微微有点不好意思,向同学们回应道:"同学们好!"相对于那几十条着劲叫喊出的声音,她的声音则像一线晶亮的细流滑过草丛。

　　她很投入,不久就融入了稻香渡中学。

　　她是初二班班主任,她时时刻刻地惦记着她的一份责任。当她发现初二班除了红藕、细米等少数几个同学外,其他同学成绩都不很理想时,她便有了一份沉重。白天,她会在课堂上督促大家认真学习,晚上,她还要去学生们的家观察与检查他们的学习。她发现这里的孩子晚间几乎是不学习的,他们将饭后与睡觉前的这段时间,看成是一天里头最美好的光阴。无论是男孩还是女孩,都是在田野或村巷里疯玩,做各种各样的游戏。因此,你在夜里十点钟左右时,总能听到家长们在夜色中呼唤孩子们回家睡觉的声音,有时声音会很大——那个被呼唤的孩子或是跑远了,或是故意藏在一处不肯答应。还会听到威胁与恫吓声:"要么,你就死在外面不回家!""门关上了,你要敢回来,砸断你的腿!"梅纹觉得乡间的孩子很有趣,也很幸福,但,她不能同意他们每晚都这样疯玩。她对她班上的同学说:"那只能是在星期六与星期天。"

从星期一到星期五,每天晚上,她都会走出稻香渡中学,走进一家一家的门。

梅纹胆子小,晚间的家访,一路上,她不免总有点战战兢兢。如果是一个月白风清的夜晚,她还不算太怕,而遇到一个没有月亮或天气恶劣的夜晚时,她这一路上老是听到自己的心在"扑通扑通"地乱跳。那时,她就会加快步伐,而乡间道路的坑洼不平常常使她于紧张中摔上一跤,有时摔倒在路面上,有时竟摔倒在路边的水沟里,那时,她就会更加害怕。她已好几次狼狈不堪地陷入这样的境地了。回到稻香渡中学的房间里,她还迟迟不能从余悸中平静下来。

夜晚的乡间,总是能给那些胆子不大的人太多的联想。

妈妈对细米说:"夜里,你去路上接一下你纹纹姐。"

于是,大约在夜里十点钟时,就会有一盏小马灯,从稻香渡中学的大门游出,穿过高粱地,穿过芦苇丛,穿过白杨树林,走过河边,走过麦场,走过木桥,后来停在了村口,像一只夜行的渔船,终于歇下了,只有一盏渔火闪烁在黑暗里。

细米将小马灯挂在一棵树的枝杈上,然后在村头的石磨旁坐下。

一直跟着他的翘翘也会坐下。

细米会安静地等候着。在等候期间,他从不焦躁。他就那样坐着,或者是看看天,看看夜色中的大河,或是凝神地去听从遥远的水面上传来的夜行拖船的汽笛声,听树上的乌鸦夜间醒来时用喙梳理羽毛的"沙沙"声……

那时,他的手会在翘翘的脊背上来回地轻轻抚弄。

抚弄着抚弄着,他的手忽然觉得翘翘的脊背绷紧了——他立即知道:她正朝这边走过来。

翘翘从他的手下跑掉了。

等他从树杈上取下小马灯时,他已隐隐约约地看到了梅纹的身影。

他提着小马灯,就站在那儿等她,然后与她一起回家。

第一回,她就没有太惊讶,好像事先有约,到时细米会在这里等她。

细米上路前,都要将小马灯的灯罩取下仔细擦拭。他学着爸爸擦灯罩时的样子,用手堵住灯罩的一头,另一头则套在嘴上,然后一口一口地往罩内哈热气。等罩内已是雾蒙蒙的样子时,再用一根筷子绞了布或软纸捅到罩内擦起来,直擦得灯罩没有一丝烟迹,亮晶晶地闪烁着光芒。

妈妈说:"你做其他事,也这么细心就好了。"

林秀穗说:"师娘,这你不懂。"然后朝正聚精会神地擦拭灯罩的细米一挤眼睛。

细米不理会林秀穗,转过身去,依然把嘴套在灯罩上哈着热气,两腮鼓起时,像荷叶下叫唤的一只青蛙。

这天夜里,正当细米坐在村口石磨旁等梅纹时,红藕去春柳家核对数学题,路过时,看到了细米。

"细米,你坐在这儿干什么?"

"……"

红藕看了看小马灯,说:"我知道了,你在等她。"

细米连忙说:"我在等梅老师。"

细米很少叫梅纹为"梅老师"。细米面对梅纹时,没有称呼。"纹纹姐姐"是妈妈代他叫的,他从来也没有这么叫过。他与梅纹说话,前面是光秃秃的,不带称呼。妈妈说:"饭好了,叫你纹纹姐姐吃饭。"他就去叫梅纹,说:"饭好了,妈妈叫你吃饭呢。"梅纹又在看栀子花了,他就把她眼中的那朵摘下给她,整个过程没有一句话。他们一起在那间小屋里呆着时,细米要问梅纹这一刀怎么走,不是用目光问她,就是很简单地一句:"是这样吗?"现在,他说出"梅老师"来,自己都觉得怪怪的,像是另一个人的声音。

　　"你天天晚上在这儿等她吗?"

　　细米点点头:"你去哪儿?"

　　"我去春柳家,我有一道数学题好像做错了。"

　　"哪一道?"

　　"第五道。"

　　"我会。"细米很想帮助红藕,他就向红藕讲解开了。

　　可红藕打断了细米的讲解,说:"我不用你教,我要让春柳教。"红藕说完了,却并没有立即去找春柳。她站在那儿,望着枝杈上的小马灯,过了好一会儿,说:"真亮。"

　　细米说:"我每天都要擦灯罩。"说完了,细米心里很后悔。

　　"以后,你还会天天来这儿接她吗?"

　　细米点点头。

　　"下雨了,也来接吗?"

　　细米点点头。

　　"下雪了,也来接吗?"

　　细米点点头。

　　红藕不问了,依然望着小马灯。

细米看到,在灯光的映照下,红藕的脸是红红的,一双眼睛又黑又亮。

"我去找春柳了。"红藕走了。

细米说:"明天,我和妈妈去镇上赶集,你去吗?"

红藕掉头答道:"我才不去呢。"

细米呆呆地望着红藕的背影:不去拉倒。

后来,红藕不怎么到细米家来玩了。

细米照样每天夜里来接梅纹。在等待中,细米想:红藕还会找春柳吗? 那时,他会往红藕家的方向张望。

红藕再也没有找春柳,但细米好几次听见红藕在村巷里唱歌——

> 萤火虫,夜夜红,
> 妈妈织布做灯笼。
> 亮了地,亮了天,
> 灯笼下面梳小辫。
> 抹了油,戴了花,
> 女孩儿穿上了红布褂……

红藕唱得很快乐,但红藕只在村巷里唱,人影儿却不肯闪出深深的巷子……

梅纹有时也会取消晚间的家访,那是在郁容晚于黄昏里来到稻香渡的时候。

郁容晚到现在也未进过梅纹的房间,他像往常一样,将自行车骑到荷塘边,然后将它往树上一靠,掏出用手帕包着的口琴吹起来——他只用口琴告诉梅纹他来了,他只用口琴召唤她。

一听到口琴声,梅纹的眉毛就会轻轻抖动一下,眼睛里闪过某种亮光,然后放下手里的活,不紧不慢地朝荷塘边走去。

　　口琴声会偶尔停住,他和她轻声谈一些话,谁也没有听到过他们的谈话。但绝大部分时间里,口琴声是响着的。他会吹很多曲子,细米从来未听到那些种曲子。那些曲子似乎有一种神秘莫测的力量。有时,细米会觉得很快乐,是那种水从高处流淌下来溅起许多水珠的快乐,而有时又会觉得很伤心,甚至心疼疼的,像是在一个愁惨的秋天里或是在一个寒星闪烁的夜晚。冯醒城和宁义夫都懂这些曲子,他们说:"他吹的是俄罗斯民歌。"他们还能一一地说上名字来。林秀穗似乎很喜欢听。

　　细米也很喜欢听。口琴声一旦响起时,细米就会停住手里的刻刀。口琴声像一只无形的手,牵着他,不知将他带向了什么地方。

　　郁容晚又来了。

　　梅纹正在小屋里给细米讲刀法,听到口琴声,她的心思就走了。她离开了小屋,走向荷塘边。

　　此时的荷塘已是一番枯寂,秋风吹尽了绿色,而将褐色涂满了大地,荷塘里的荷叶是那种更深重的褐色——黑褐色,而且已变得稀落,不少已经折断,落在水中,立着的那些,也都卷叶,一副很坚强但又显出一番弱不禁风的脆弱样子。

　　但无论是郁容晚还是梅纹,心情却都比荷叶还在一派生机时要好,尤其是梅纹。

　　月光很好,田野显得十分辽阔。

　　细米无心再去体会梅纹所说的刀法,走出屋子。见了那个大草垛,他又起了爬上去的念头,并且念头一起,他就很快地爬了上去。坐在草垛顶上,他并没有看他们,他仰天看秋天的夜空——秋天的夜空显得十分明净,星星像颗颗被打磨了,钻石一般亮。

有一阵,细米想起了那盏小马灯。傍晚时,他又仔细地擦过灯罩,但今天肯定用不着它。今晚上它只能很孤单、很冷清地立在窗台上了。今晚上,梅纹也不再会想起它了。他不免为它感到有点惋惜,甚至有点伤感。

冯醒城看见了细米,说:"细米,让你爸爸也买一把口琴。"

细米躺了下去——躺了下去,冯醒城就看不见他了。

细米将双手交叉着枕在头下,腿翘着,看天空,听琴声,随心思乱起,后来,就睡着了……

2

这天夜里,细米照例在村口等梅纹,但等到梅纹时,看到的却不是梅纹一个人,还有红藕。

红藕是和梅纹有说有笑地走过来的。

细米从树杈上取下小马灯。

但,这时亮起了一道雪亮的手电的光——红藕揿亮了手中的手电。

细米提着小马灯走在前面,梅纹与红藕走在后面。红藕的手电不时地照亮近处,也不时地照亮远处。相比之下,细米手中的小马灯的灯光就黯淡了许多。

走到桥头了,细米想:红藕该转身回去了。但红藕没有一丝要往回走的意思,梅纹也没有一丝要让她回去的意思。

走到了桥中间,细米说:"红藕,你回去吧。"

红藕说:"我要一直把梅老师送回学校。"

细米说:"谁再送你回来呢?"

红藕说:"我自己回来。我才不怕夜晚呢。我已和梅老师说好了,以后每天夜里我送梅老师回学校。天要是太黑,我就和春柳一起送,我都和春柳说好了。"

梅纹说:"你一人往回走,真不害怕吗?"

红藕说:"我不害怕。"

之后,她们不再谈论让不让红藕送的事,很显然,在此之前,她们早已谈好了。她们开始说别的,小声地说,并且好像忘了前面的细米,按她们的速度走,不一会儿,就和细米拉下了一段路。细米不知道是等她们还是不等她们,他觉得自己有点多余了。以往,他在前面走,心里想着后面梅纹脚下的路,就会将小马灯稍微举高一些,让亮光更好地照着路。现在觉得没有必要了,就垂着胳膊提着小马灯——小马灯都快要碰到地面了。

也不知道她们在说什么,就听见她们不时地发出"咯咯咯"的笑声。

有几回,细米隐隐约约地听到从红藕的嘴中传出"细米"的字眼,细米就觉得她们在说他,而且肯定在说他的一些很可笑的事情,要不,她们为什么会"咯咯咯"地笑呢?细米心里对红藕很生气。

红藕真的将梅纹一直送到了学校。

红藕只与梅纹说了声"再见",就往回走。其实,她的胆量远不如她自己说的那么大。往回走时,她一直就让手中的手电亮着,并死死地瞄着眼前的路,不敢将手电光挪移开去,生怕在手电光里明晃晃地站着一个怪模怪样的东西。她是唱着歌回去的,但声音有点发颤,仿佛在寒风里被冻着了似的。临近村口时,她是跑着过木桥的。桥上有块板翘了起来,她差点被绊了一跤,吓得她出了一身冷汗。

接下来,红藕天天送梅纹回学校。

细米一天比一天地尴尬。可是梅纹没有注意到他的尴尬,而红藕在心里高兴着哩。

又过了两天,梅纹对细米说:"你就抓紧把那件作品做完吧,就让红藕送我回来吧。"

这回是小马灯彻底地寂寞了。

梅纹似乎很喜欢红藕送她回来。在稻香渡,梅纹最喜欢的一个女孩就是红藕。她喜欢红藕的样子,喜欢她的聪明,喜欢她说话,喜欢她笑,甚至喜欢她哭,喜欢她的小性子。红藕就是让她喜欢。她能与红藕一说话就是半天,并且在她们之间似乎有永远谈不尽的话。她们在说话时,会有一个自己的世界,这个世界里就只有她们俩。

星期天,红藕有时会背着书包到梅纹的房间里来。那时,她们不说话,梅纹批改作业,红藕做作业,只偶尔说几句话。旁边坐着一个女孩儿,很安静地做作业——梅纹喜欢这种感觉。

有几回,红藕将梅纹送回学校后,见天太黑,梅纹让细米去红藕家说一声,将红藕留下了。细米往红藕家走,心里老大的不愿意。

她俩一头睡,熄了灯就说话,一直说到睡着为止。

原先,红藕总喜欢与细米呆在一起,而现在她好像忘了有个细米。

这是一个星期天,妈妈开始在园子里扯香瓜藤了,因为不再是它们的季节,它们已经完全枯萎了。但藤上还有几只金黄的香瓜,妈妈往梅纹的房间里放了两只,给了细米两只稍小一点的,还有两只放在篮子里——是留给红藕的。妈妈说:"细米,你去把这两只香瓜送给红藕。"

细米看了一眼那两只十分好看的香瓜,却不接妈妈的话茬,拿了自己的两只去河边洗了洗,然后一手抓了一只,坐在门口,望着栅栏,大啃起来。他不盯住一只吃完,而是轮流着啃那两只香瓜,在这只香瓜上啃一口,又在那只香瓜上啃一口。这两只香瓜,只是与给梅纹和红藕的相比才显得小一点,实际上也是两只不小的香瓜。细米啃完他的两只香瓜后,觉得肚子已经饱了。他伸直了脖子,打了两个饱嗝。

妈妈在整理园子,又提醒细米:"去把那两只香瓜送给红藕,这是今年最后的瓜了。"

细米用眼睛瞄着篮子里的瓜,身子却不动。过了一会儿,他起来,从篮子里一手拿了一只香瓜,又去河边洗了洗,然后又坐到了门口。他将这两只瓜举起来,放在阳光下,分别看了看,它们是透明的,是那种嫩嫩的半透明。他甚至能感觉到橙色的瓜汁在瓜的体内缓缓流动。他又将它们分别放到鼻子底下闻了闻,然后,对左手中的那只香瓜"咔嚓"就是一口,嚼了嚼,还未等全都咽到肚里去,对右手中的那只香瓜"咔嚓"又是一口。左一口,右一口,他故意泼吃一通,直吃得瓜籽乱飞,瓜汁从嘴角流淌到脖子里,流到胸脯上。才吃了一半,他就觉得瓜已经快抵到喉咙了,呼吸都有了点困难,便张着大嘴喘气、干噎。

几只觅食回来的鹅摇摇摆摆地进了院子,它们因嗉子塞满了草而显得颈项肿大。

细米觉得他自己现在就是一只鹅。

细米僵着脖子,低头看了看手中被咬得残缺不堪的香瓜,慢慢站了起来——站起来,就可以再吃一些,他想。

细米的肚子已鼓溜起来，像只打足了气的气囊。

但细米还是在心里狠狠地想：我一定要将它们吃掉。

细米还想：如果红藕在场就来劲了，我要当着她的面，将香瓜一口不剩地全吃掉！

他又开始了最后的冲刺，"咔嚓"声清脆悦耳。

他的手上沾满了黏糊糊的瓜汁，从手指缝里流下来，滴在地上，一些蚂蚁正在东探西探地往这里运动。

他最终将两只香瓜彻底消灭了，但嘴里还有一块，却怎么也咽不了，他只好先暂时含在嘴里。他贴墙而站，用双手捧住似乎往下坠落的肚子，形象好似一个孕妇。

妈妈回来了，看见了空篮子，有点纳闷："这么一转眼，就把香瓜送出去了？"

细米使劲咽下最后一块瓜，说："我没有送。"

"那瓜呢？"

"全被我吃了。"

"什么？"

"全被我吃了！"细米大声地说，"才不给她吃呢！"

妈妈进屋寻找扫帚疙瘩或是其他什么鞭挞工具去了，细米见势不好，赶紧捧着肚子逃出院子，一边跑，一边大声喊："就不给她吃！就不给她吃！……"

3

细米的念头与行为忽然变得有点怪诞。

他开始在妈妈用的镜子里端详自己。他从来也不知道自己究竟长得什么样，也从来没有想起看看自己究竟长得什么样。他在镜子里朝自己挤眉弄眼，仿佛镜子里的那一个，不是他自己,而是新结识的一个朋友。第一次在镜子里打量自己时,他吃了一惊:哇,这是细米吗? 他有点儿害臊,因为镜子里的那个孩子长得挺俊的。他第一回知道自己的眼睛很大,眼珠儿像葡萄,睫毛很长,难怪妈妈在训斥他时会指着他的脸说:"你眼睛再扑闪扑闪的!"他用手指捏住了自己的鼻子,并发出"哞"的牛叫声,镜中的那个也学他的样子,然后他就将脑袋抵在了镜子上,再接下来,他"扑哧"一声笑了。笑完了,他顺手在妈妈的雪花膏瓶里挖了一大块雪花膏。一股刺鼻的香味,使他皱起了鼻子,但他还是泥墙一般胡乱地抹到脸上。他走出院门时,正巧遇上了林秀穗。她一下子就从细米原先总是散发着汗酸气味的身上闻到了一股浓浓的香味。她夸张地嗅了嗅鼻子说:"细米,你涂雪花膏了。"细米跑掉了,在空气里留下一股香味。梅纹走过来了。林秀穗说:"向你反映一个情况,你们班有个男生开始涂雪花膏了。""谁呀?"林秀穗指着细米远去的背影:"他——细米!"梅纹笑了笑。

这天下午,朱金根站在操场的土台上,转身向校园内大声叫着:"你们快来看呀!"

先是三四个孩子从教室里跑出来,他们顺着朱金根手指的方向看去,愣住了一阵,随即转身跑进教室大叫:"你们快出来看呀!"

所有的教室都"轰隆轰隆"地响起往外跑动的脚步声。

看什么? 看细米。

细米爬到了篮球架上,正一屁股坐在篮球筐里,样子很像坐马桶。

办公室里的老师们听到外面一片"吃通吃通"的脚步声,也跑了出来。站在廊下,他们看到了坐在篮球筐里的细米,笑笑,摇摇头。

　　篮球场上站满了人,除了稻香渡中学的学生,还有从地里赶过来看热闹的农民。

　　这番情景,使细米联想到在麦场上看电影。白色的篮球板,在细米的感觉里,此时转化成了银幕,而他就是电影中的人物,下面仰头观望着的便是一大群观众。这种感觉让他心旷神怡,让他兴奋与陶醉。

　　初三班的周金槐大声叫道:"细米,你是在拉屎吗?"

　　轰然大笑。

　　细米将屁股往筐里埋了埋,一副全神贯注的神态,眼珠子定定的朝着前方,还鼓起腮帮子。一副十足的拉屎样。

　　下面的人就静静地守候着,仿佛这是全世界最高贵的、永恒的一次拉屎,是历史性的,是一个经典,是绝对不能打扰的。

　　有几个男孩被感染了,下意识地与细米一起进入了那个妙不可言的状态。

　　几只乌鸦在细米的上空盘旋着。

　　终于,人们有点不耐烦了。周金槐又大声叫道:"细米,你拉完了吗?"

　　又是一阵哄然大笑。

　　细米双目微闭,长出一口气,舒展双臂,屁股上收,身体紧紧地贴在了篮板上。

　　红藕好像真的闻到了臭味,转过身去,作扇扇状,在鼻子前面扇着。

　　细米翘起双腿,抱着胳膊,头微微昂起,安然坐在筐上,完成了一个让他心中感到无比豪迈的造型。

　　接下来,他就变成了一个玩杂技的,在篮球筐上做出许多精彩绝伦的动作。他一会儿站在筐上,双手抓住篮板的上端,身子如虫子一般收缩,再一弹,翻到篮板的背面去了。

女生们发出一片惊叫。

细米就在人们的惊愕之中,又从篮板的背面翻回到了他们的眼前。然后,他站在筐上,并慢慢地不再将身体贴着篮板。他不敢低头,而只是用眼睛往下看了看,便慢慢地脱下了上衣,露出光溜溜的上身。

他的腰细细的,肚子瘪陷,像一条几天没吃食的狗,肋骨一根一根,清晰可见。

他就这么站着,目光远眺,一副忘记一切、所有皆不存在的样子。

一直在房间里的梅纹得了红藕的报告,匆匆走出。路过办公室时,她困惑地望着林秀穗他们,问:"怎么不让他下来?"

林秀穗说:"谁能让他下来? 只有你能让他下来。"

梅纹再转身去看时,细米正在做最后一个动作:他弯下腰,用手牢牢地抓住篮球筐后,用胳膊撑起身体,双脚离开篮球筐,然后放入篮球筐内,整个身体突然穿过篮球筐而坠落下来——双手还在紧紧地抓着篮球筐,身体如钟摆一样摇摆。

最后,在一片惊叫声中,细米双臂展开,轻飘如一片落叶,落在了地上……

4

细米的梦开始多起来。

这些梦五颜六色杂七杂八,它们像秋后集合南飞的燕子,飘忽着,闪烁着,占据着细米的夜晚。它们或者使细米升腾,飘飘欲仙,或者使细米如坠深渊,急速的坠落甚至会让他惊叫。那些梦中的情景,大多是细米从未见到的。梦中的人,都模模糊糊,变幻不定,甚至出现了许多他从未见到过的面孔。让他焦躁不安的梦居多,或是梦见自己坐在墙头上,他想跳下来,但下面却波浪滚滚;或是梦见自己憋了一泡尿到处找厕所而就是找不着,只好躲到树林里,而当他正在"哗哗"奔流时,一瞬间树林没有了,他还几次莫名其妙地丢了裤衩,寒碜的裸体使他羞愧难堪却又无处藏身;或是被一条野狗追赶,他拼命逃跑,但双腿却被杂草缠绕,好不容易挣脱出来,又再度被杂草缠绕,这种状况一次又一次地重复着……醒来时,细米大汗淋漓,十分疲倦。躺在床上,他盼望天明。

这天夜里的梦十分神秘,令人无法解释——

细米成了一条鱼。

一条长长的,像一把锋利的长刀样的鱼。

开始时,这条鱼怕水。它被水呛得直翻白眼,它想钻出水面,可却总是游不出水草丛。那些绿色的、丝绸一样的水草在水中漂动着,十分好看,但却恐怖地无限地包围着它。它终于没有力气了,就往水底深处沉去。水越来越凉,使它感到了一种挡不住的寒冷。水草亮闪闪地漂动着,水下是一个令人炫目的世界。

不久,它感觉到水在流失,阳光离它越来越近了。

水越来越亮,直到被阳光染成金色。

它的腹部贴在由水草叠成的软软的垫子上,它的脊背露出了水面。它感到阳光针刺一般射到它身上。不一会儿,它的眼睛也慢慢地露出了水面。

它看到了岸,岸上站着许多人,好像有朱金根,好像有春柳,好像有草菊,好像有周金槐,好像有林秀穗老师……他们的形象总是停不住,像墙上的粉笔画,遭到了风雨,不一会儿就模糊成一片,最后随雨水一起淌走了。

水"哗啦哗啦"地向前流着。

它紧追不舍。

突然,它被什么东西一下子阻隔住了。它很快看到了一道长长的栅栏——是那栅栏拦住了它的去路。

它看到水从栅栏的缝隙里流走了。它被搁在了一堆水草上。它似乎在什么地方见到过这道栅栏,白色的,每一块木板条的上端都是一个三角形的尖角。比它现在所见到的栅栏更为华丽,上面开满了细小的鲜花,一群它从未见到过的鸟,在栅栏上飞来飞去,"唧唧喳喳",喧闹不已。

这一带的河里,似乎到处都有这种拦鱼的栅栏。

它渐渐感到了呼吸的困难。它躺在水草上,望着栅栏那边的水——水好像因为有了这道栅栏,不再往前流了,形成了一个亮闪闪的水泊。"我会干死的。"它想到了这一点,心里十分害怕,就一个打挺,从富有弹性的水草堆上弹起——它竟然越过了栅栏,落入了那边的水中。

清凉,这是它落入水中的第一个感觉。

它在水中游动着,慢慢地找回了安静与力气。

但,不久水又开始重复先前的举动,向后退去,并且越退越快。

它又像先前一样,拼命追撵着……

那道栅栏又出现了。它几乎是从空中飘落下来的。最后的水再度从栅栏的缝隙里滑去,它又再度被搁浅在一堆水草之上。

那道栅栏好像被人刚刚细心地擦拭过,雪白,在阳光下好似一支支箭。

它又再度跃起,又再度跌落在栅栏那边的清水之中。

这样不知重复了多少次,水突然地离开了河床,像一块巨大的白布,随风飘向天空。

它无望地在淤泥里挣扎着,搞得银色的身体完全被泥糊住,而成为黑色的身体。

它绝望了,朝天空张着大嘴。

但它很快发觉自己变得轻飘起来,心里一阵激动之后,竟然飞了起来。它先是沿着河岸飞,在瞥了一眼如大地上的一道巨大裂缝的干枯河床后,它开始升高。它看到了田野与树木,它在田野飞过时,看见一群人站在开满了紫花的紫云英地里仰脸望着他。他听见了一个孩子的声音:"天上有条鱼在飞!"后来,他飞进了一片树林。一条鱼在树枝与绿叶间飞翔,那感觉实在太好了,就像在水中游动于水草之间一样,甚至感觉还要更好一些。

那块巨大的白布越飘越高。

它尾随而去。

白布不见了,但它见到了一团团白云,那白云的形状像土豆。

它飞进了白云。它觉得自己是在雾里,是在烟里,有点晕头转向。

随着一道金蓝色的闪电,白云渐渐变得潮湿。它有一种被露珠打湿的感觉,后来,云成了雨。于是,空中飘满了亮晶晶的水珠。

水珠落进河床,河里又有了水。

当它欲要与这些水珠一起坠落时,一张白色的网子从地上飘向空中——雨珠穿过网眼,继续坠落,而它却被网子网住了。它从网子上弹跳起来,企图跳到网子的外边,但网子是无边的。这样跳了几次,它不再跳了。它躺在网子上,后来竟然睡着了。梦中,它梦见了水,梦见了柔软的水草,它在水里游动,在水草间穿梭——那些水草有点像人的毛发。

它觉得自己是一条漂亮的鱼……

细米是在甜美的笑声中醒来的。醒来后,他除了记得水、水草、白栅栏和自己是一条瘦削的鱼外,其他一切细节都再也想不起来了……

细米夜里做梦,白天心不在焉,在拿那块从城里买回来的木料刻一件新作品时,一个错刀,几乎毁掉了那件作品。

5

这天下午,有一条牛正在稻香渡中学操场的边上吃草。它被牢牢地拴在一棵硕大的树上,因此,它只能在一个有限的范围内活动。已是秋后的老草,啃起来既费力又无味道,它还没有太大的自由,因此,这条牛心里很不自在,脾气正变得坏起来。它已几次试着要挣开牛绳,但均告失败。它不时地抬起头来,很气恼地冲着天空"哞哞"地长吼,震得树上的老叶纷纷飘落。

"王瘸子家的大白牛正在操场边上吃草呢。"初一班的一个男生一边撒尿,一边向也正在厕所撒尿的几个男生传递了这一信息。

这几个男生出了厕所,又将这一信息传递给其他同学,不一会儿,整个稻香渡中学的人都知道了王瘸子家的大白牛正在操场边上吃草。

问题不在于牛吃草——谁都见过牛吃草,而在于王瘸子家的这头大白牛的非同寻常。

　　人们很少见过体格如此雄健、强壮的牛。它是三年前从东海滩上买回的。这种牛自小在海滩上散放,吃海滩上的芦苇、听大海的涛声长大,身强力壮,但桀骜不驯。一般的用牛人都不肯用这种牛,而是往西去二百里,到荡区引回一种个头较小、性格温和的牛,虽然力气比从海滩上引回的这种牛要小许多,但用起来不胆战心惊。当年王瘸子引回这头牛时,并不是瘸子。那牛是一头小牛也看不出太多的特别之处,但到第二年,这牛"呼啦呼啦"地长大了,渐渐显出这种牛力大无比的特性,也同时露出了这种牛固有的恶劣性情。那天犁地,从早上开始,它与王瘸子的关系就有点紧张。几次犯倔,几次被王瘸子用鞭子打压了下来。"畜生!"王瘸子在嘴中不停地骂着,使劲地抖着缰绳。将近中午时,大白牛要么撒尿,要么拉屎,就是不想干活。王瘸子不想与它废话,他让手中的鞭子来表达他心中的恼怒。在被抽了大约十鞭子之后,大白牛突然脑袋 低,凶狠地将犁拖得飞快,扶犁的王瘸子跟不上,几次差点摔倒。他大声叫着:"畜生!慢点!慢点!"但"畜生"跑得更快。王瘸子实在跟不上了,扔掉犁把,用双手死死抓住缰绳。大白牛的鼻子疼痛难熬,只好站住了。它扭过头来,用大如拳头的眼睛瞪着王瘸子。王瘸子从它的目光中看到了它的挑衅与凶恶。这王瘸子是稻香渡有名的犟人,哪里容得一个畜生如此瞪着他?他将鞭子在手中捋了捋,跑到了大白牛的前头。他在大白牛的眼前走来走去,说:"畜生,别以为你是从海边来的!海边来的又怎么样?海边来的,也是头牛!你敢跟老子顶牛?也不撒泡尿照照你那个熊样!老子是谁?稻香渡的人哪一位不认识老子?你个畜生倒不把老子放在眼里了! ……"他将鞭子在空气里猛地抽了一下,发出"呜"的一声。大白牛非但没有显示出一点畏惧,还抬起头来喷了一下鼻子,直把黏液雨点般喷射到了王瘸子的脸上。王瘸子的脸色刹时变得铁青而阴冷。他突然举起鞭子,朝大白牛劈头盖脑地抽打起来,一鞭子接一鞭子,咬牙切齿。挥起鞭子时,他双脚踮起,好加大往下抽打的力度。大白牛任他抽打了一阵之后,低着头又朝他冲了过来。他在急忙躲闪时,摔倒在地里。大白牛拖着犁往前猛烈奔突,锋利的犁铧掀起黑色的泥浪,向王瘸子直逼而来。他连忙滚向一边,但未来得及收回的左腿遭到了犁铧的袭击,顿时血流汩汩。人们纷纷赶到地里,将他抬进医院。出院后,他的腿瘸了。在屋后,他见到了拴在树上的大白牛。他一句话也没说,转身回到家中,说:"谁给这畜生草吃,我就跟他玩命!"一连五天,大白牛没有吃到一根草,也没有喝到一口水。这天,王瘸子又出现在屋后,那时,大白牛已瘦去一圈,摇摇晃晃地随时都可能倒下。他对它说:"畜生,你听着,从今以后,别再想着与老子作对!"说罢,他转身回家,对老婆说:"给畜生端一盆豆腐渣,再往里头打六七个鸡蛋。"从此,大白牛服了王瘸子,但就只服王瘸子,别人谁也不能碰它。稻香渡不分男女老少,见了大白牛,都不敢与它啰嗦,赶忙远远地躲开。

　　几个胆大的男生,慢慢地朝大白牛靠近。在他们后边,相隔一段距离,跟了一大群男生。一大群男生的后边,又跟了一大群女生。他们先是从一面走过来,不一会儿就形成了一个包围圈,但这个包围圈很大。

　　老师们今天或是因为闲得无聊,或是想到了学生们的安全,也陆陆续续地来到了操场上。

　　大白牛似乎没有发现它的四周都是人。

　　周金槐说:"别怕,它被拴着呢。"

几个胆大的男孩继续向大白牛逼近,但神色紧张,随时准备抱头鼠窜。

一个个胆子渐大,但全都弓着背,包围圈在渐渐缩小。

前面的几个男孩在走到离大白牛十几米远的地方时,不敢再贸然前进。他们很想戏弄它一下,却又不敢。

后面跟着的说:"上去呀,上去呀。"自己却缩着脖子远远地站着。

终于,周金槐拿着一根竹竿又朝大白牛逼近了两步。

大白牛并没有发现他们,而只是自己想甩一下尾巴,于是就"啪"地甩了一下尾巴,吓得大家掉头就跑,撞倒了好几个。女生尖叫,一个跌倒的女生甚至哭起来。

大白牛却在那儿安闲吃草。

周金槐再次逼近大白牛。

大白牛终于意识到它四周的人群与几个狗胆包天的男孩正在准备戏弄它,它不再啃草,抬起头来,稳稳地站好。

人群凝固在了那里,没有后退,也没有前进。

大白牛也好像凝固在了那里。

大家一时失去了冒险的欲望,而暂时转为观赏:一身白毛,皮为粉红色,有两个长长的犄角,角质为半透明,有玉的光泽,角尖很尖,好似用刀仔细削成,眼睫毛有两寸余长,眼珠为棕色,眼白为淡粉色,四条腿粗硕而结实,一条牛尾又粗又长,在不停地摇动。

周金槐说:"那天张家小五子与二黑子打赌,说二黑子敢骑它跑一圈,他出十块钱,二黑子都没敢。"

一直走在最前头的朱金根说:"我就敢!"

大家都笑了起来。

周金槐说:"三鼻涕,你尽吹牛!"

"朱金根!"朱金根立即纠正。

"好好好,叫你朱金根。可你敢骑吗? 你连碰都不敢碰它一下。"

"碰一下我还不敢?"

"你就不敢!"

朱金根拿了根树枝,一边在嘴里嘀咕着"碰一下我还不敢",一边靠近大白牛。

大白牛忽然一甩脑袋。

朱金根掉头就跑,鞋子丢了一只。还未等他自己喊叫,全体孩子几乎是在同时,都学着他的那副腔调高喊起来:"鞋子! 鞋子! 我的鞋子!"

操场上一片笑声。

一直站在土台上看热闹的老师们也禁不住笑起来。

宁义夫知道也没有人敢骑这头牛,故意逗弄这群孩子:"有谁敢骑吗?"

没有回答。

一直在小屋里讨论着如何补救那件作品的细米与梅纹,听到了外面的动静,也走出了院门。

细米一路跑了过来,拨开人群,跑到了前头。

宁义夫大声叫着:"有敢骑的吗?"

林秀穗在看到细米与梅纹走出院门的那一刻起,就有了一个念头。她也不知道自己为什么会有这个念头。她大声说:"细米敢!"

细米下意识地退到了后面。

林秀穗望着退却的细米,声音更大地说:"细米敢!"

梅纹已站在了林秀穗的身边,她用胳膊碰了碰林秀穗的胳膊,这反而使林秀穗的某种欲望变得更加强烈。她掉头冲梅纹诡秘地一笑,又朝宁义夫、冯醒城等挤了挤眼,跳下了土台,走过去,抓住了细米的胳膊,说:"细米,你不会是个胆小鬼吧?"

孩子们"嗷嗷嗷"地叫了起来。

细米很窘,满脸通红。他后悔自己跑出了小屋。

林秀穗小声地对细米说:"喏,梅老师也在台上看着你呢。"

细米低着头。

冯醒城说:"细米,你敢不敢,对大家说一声呀。"

细米的眼珠挪到眼角上,他看到了神情担忧但微笑着的梅纹。

孩子们又"嗷嗷嗷"地叫了起来。

细米开始穿过人群往前走去。

孩子们闪开一条道来,让他走过,操场上鸦雀无声。

梅纹往前走了几步,一直走到土台的边沿。

细米走出了人群,他的额头上已经冒出许多汗珠。他走得不快,但始终是一个速度。

红藕叫着:"细米,别去!"

琴子一把拉住了红藕。

细米的步子似乎在加快。

红藕在人群里紧张地寻找着谁,当她终于看到了梅纹时,连忙朝她跑去。

眼见着细米离大白牛越来越近,所有的人都愣住了,不知道怎么来了结这一由他们在心里共谋而成的局面了。

细米距离大白牛就剩下十几步远了。

红藕摇着梅纹的胳膊:"让他回来吧,让他回来吧……"

现在,细米距离大白牛还有七八步远的光景。

梅纹叫道:"细米! ——"

细米停住了,但没有回头。

　　"你回来! ——"

　　细米却大步走向了大白牛。

　　当细米就要挨到大白牛时,林秀穗往前跑了几步,大声喊道:"细米! 你回来! 我是逗你玩的! 真的! ……"

　　所有的呼唤,细米都置若罔闻。他像一个梦游者,只顾按一种连他自己都不清楚的意志,向大白牛走去。

　　细米就站在了大白牛的面前,与它仅一步之遥。他听到了它的喘息声,并在它晶亮的眼球上看到了自己的形象——那是一个变了形的男孩形象,脑袋与下巴都尖尖的,而眼睛却出奇的大。

　　谁也不再呼唤细米,因为在大家的感觉里,细米好像已经傻掉了,已成了一具只顾向前的木偶了。

　　大白牛威严地站着,与细米相对峙。

　　细米避开了它的目光,转身绕到了那棵拴着缰绳的大树背后。他侧着身子,让大树为他挡住了牛的视线。然后,他慢慢蹲下,解掉了牛绳。

　　人群在往后退缩,直到看清细米并没有松掉缰绳而是将缰绳紧紧绕在手腕上时,才停止了退缩。

　　细米收着缰绳,一步一步地靠近大白牛。他的脚碰到了朱金根的那只鞋,飞起一脚,将它踢开了。

　　大白牛有点发憷,竟然站在那儿毫无反应。

　　细米仰脸看了看上方——有一根横枝正在牛背的上方。他蹲下,然后一跃,双手抓住了横枝,随即身子一收,就翻上了横枝,紧接着叉开双腿,飞落在牛背上。这一连串的动作,在众人目瞪口呆的状态中,一气呵成,几乎没有一点迟疑与停顿。

大白牛真的懵掉了,还是站在那儿不动。

细米骑在高高的牛背上,俯瞰着人群。他看到了朱金根,看到了琴子,看到了冯醒城、林秀穗,也看到了梅纹与红藕——梅纹紧紧地抓着红藕的手。细米立直了身子。

大白牛终于开始癫狂起来。

细米立即伏在牛背上,紧紧抓住它的鬃毛。

大白牛开始朝田野上奔突,人群早已闪开。

翘翘跑来了,"汪汪汪"叫唤了几声,紧紧追在大白牛的身后。

大白牛跑过一条狭窄的田埂之后,跑上了一条乡村大道。它开始疯狂奔跑,四蹄叩地,声音隆隆,正是干燥季节,泥土酥脆,路面早已积了一层浮尘,践踏之后,尘埃扬起,仿佛在它的屁股后面滚动着一股黄烟。

林秀穗脸色苍白,右手紧紧揪住胸前的衣服。

梅纹握住红藕的手,随着时间的延伸、情势的严峻,握得越来越紧。红藕则将脸扭到梅纹的身后,只露出一只眼睛窥望大白牛以及它背上的细米。她感觉到梅纹的手冰凉如从冷水中取出,并捏得自己的手火辣辣地疼痛。

大白牛的跑动与颠跳是结合在一起的。它脑袋向胸前勾去,臀部则不住地跃向空中,让人担忧细米会从它的脊背上滑向它的颈项与头部。有几次,臀部如浪头掀起,细米被颠起,屁股直对天空。

大部分时间里,细米是闭着眼睛的,情形如同小时候生病时扒下裤子让医生打针,如同在妈妈鞭挞时他侧身接受抽过来的鸡毛掸子。无所谓畏惧,也无所谓不畏惧,他居然在牛背上想起两只香瓜吃撑了他的肚皮。

跑到尽头是座桥。

大白牛朝桥上冲去时，正赶上有两个人从桥上过。那两个人见大白牛如山压过来，先是一惊，见无法躲闪，一个向左，一个向右，跳入水中。

　　细米看到了两团硕大的水花。

　　大白牛渐渐远去，稻香渡中学的师生以及被惊动的农民，纷纷朝大白牛跑去的方向拥去，一片嘈杂声。

　　梅纹与红藕却依然站在土台上——土台上就剩下她们两人，像是一幕戏的最后造型。

　　如同音乐的旋律，曲子一路飘扬下去，以为永不回头，却又听见曲子回旋而来，就在人们看到大白牛消失在远方一道大堤的背后而陷入一片虚空时，大白牛却又出现了，并且朝着稻香渡中学的方向飞驰而来。

　　"回来了！回来了！……"叫声一片。

　　大白牛好像在进行一场表演。

　　细米又看到了学校与人群，心头一阵发热，眼泪便夺眶而出。

　　大白牛居然朝操场跑来，人群立即后退，而就在这时，红藕挣脱了梅纹的手，跳下舞台，朝通往操场的路跑去，样子似乎要去拦住大白牛。

　　林秀穗冲上去，一把将她死死抱住。

　　翘翘跳进地里，打斜刺里赶到大白牛的前头，然后冲着大白牛"汪汪"大叫。

　　大白牛掉头跑向小河边，然后沿河边一路南去。

　　翘翘又再次打斜刺里跑到了大白牛的前头，这一回它成功地瓦解了主人的窘境：大白牛见狗朝它狂吠，样子极其凶恶，便掉转头往回跑，就在它的身体急速回转时，细米失去平衡，从牛背上抛落下来，跌在河坎上，然后滚落到水中。

　　人们突然发现细米从大白牛的背上消失了，一个个惊愕万分。

　　大白牛独自跑向田野。

　　人们纷纷朝小河边跑去。

　　这时，人们听到了细米颤颤抖抖的歌声。这是妈妈在他小时候教给他的歌：

> 卖豆儿的街上叫，
> 有个馋大娘听见了……

　　人们先是看到一颗湿漉漉的头，不一会就看到了整个湿漉漉的细米——他从河里爬上来，双腿撇开站在岸上，继续唱他的歌：

> 欲要买，
> 腰中又无钱和钞；
> 欲要赊，
> 又恐邻居笑。
> 女孩儿叫声妈呀，
> 问他睡鞋要不要，
> 他若要，咱家还有一大抱……

　　梅纹一直站在土台上，双腿与双手一直在微微颤抖。看到细米那副样子，听他唱那样有趣的一支歌，她抱着台口的一棵楝树，含泪而笑……

第六章　买根红绳给我姐姐梳小辫

1

稻香渡的冬天,是以一场细而柔软的小雪开始的。因为地面还未冻透,因此,那场雪刚落下就化掉了。但随后的风,使人明确起来:冬天来了。

到处是枯叶与败草,到处是残梗与断枝,往日穿梭于树林间,但闻其声、不见其影的乌鸦、喜鹊、鹁鸪与灰喜鹊,因失去了枝叶的遮挡,而完全暴露在人们的视野里。

或许是因为穿了冬装,或许是因为生活的安定,梅纹看上去好像胖了一些。那张显得有点苍白的脸,在冬天的寒冷里显得很红润。

这天傍晚,与往常的傍晚并无两样。

梅纹和红藕、琴子等几个女孩在教室门口的空地上玩跳格子的游戏。

这种时候,女孩们并不将她当老师看,而将她看成是她们其中的一个。她们玩得很认真,很投入,也很快乐。她们还不时地发生争执,这一方说那一方"赖",而那一方则说这一方"赖",有时嚷嚷得声音还很大,其中一个气生大了,说:"你们赖,我不玩了。"嘴里这么说着,心里并没有打算真的退出,而其他人明明也知道她不会掉头走掉的,却都来哄她:"让你让你。"梅纹与红藕她们一样,也是很计较的,也会说:"我不跟你们玩了。"红藕她们就会过来,抱住她的胳膊央求她:"让你一回还不行吗?"她这才重新回到游戏里。

正玩着,琴子说:"毛胡子队长来了。"

毛胡子队长是急匆匆地走进校园的。他没有看到梅纹正与红藕她们在这儿玩跳格子,直往办公室而去,见了林秀穗,问:"梅老师在哪儿?"

林秀穗说:"在那儿与红藕她们玩呢。"见毛胡子队长一脸的严峻,追问道:"怎么啦? 有什么急事吗?"

毛胡子队长一边往梅纹那儿走,一边问:"杜校长呢?"

林秀穗说:"杜校长大概在家里。"

毛胡子队长的脚步声"吃通吃通"地响。

林秀穗回头对在办公室批改作业的老师们说:"好像出什么事了。"

林秀穗跟了过来,其他老师也都放下作业本跟了过来。

毛胡子队长见了梅纹,说:"梅老师,你和我一起到杜校长家去,我这里有话要对你讲。"

梅纹有点吃惊地望着毛胡子队长。

毛胡子队长只顾自己走在前头,也不管梅纹有没有跟过来。

梅纹将跳格子用的花布包包放到红藕手里,跟在毛胡子队长身后。

毛胡子队长进了院子,看见了细米,问:"细米,你爸呢?"

"我爸在屋里。"细米转身朝屋里喊道,"爸,有人找!"

杜子渐闻声走到门口时，毛胡子队长也已走到门口。

"什么事，队长？"杜子渐一眼就看到了毛胡子队长脸色不对。

毛胡子队长回头看见梅纹正走进院子，没有立即回答杜子渐，直等到梅纹走近了，才说："有件事……"他对梅纹说，"我说了，你先别紧张，也许不会有什么事。刚才接到公社一个电话，说他们接到苏州一个电话，让梅老师立即回苏州一趟。"他看着梅纹，不再叫她"梅老师"，而改叫道："梅姑娘，你爸爸妈妈回苏州，坐轮船，可能出了交通事故……"他看着梅纹刷地变白了的脸色说，"那边来电话，没有说你爸爸妈妈怎么了，只是说被救了起来，送……送到医院里去……去了……"他擦了一下额头上的冷汗，对细米的妈妈说，"杜师娘，你就赶紧帮梅姑娘收拾收拾东西——也不要带太多的东西，过几天还要回来的。"他坐在了凳子上，拔出一支烟来，哆哆嗦嗦地点着，大口抽着。

院门口站着林秀穗、红藕等许多人。

梅纹先是嘴唇微微颤抖着，随即双手与双腿也开始微微颤抖起来。

毛胡子队长说："梅姑娘，你真的不用那么紧张，苏州那边明确地说了，你爸爸妈妈被救起送医院了。你赶紧回苏州去看看他们，过几天，还要回来上课呢。"

眼泪已经顺着梅纹的鼻梁流淌下来。

妈妈过来，搂搂她的肩："不是说了吗，没有什么事。"

从河里传来了抽水机船的机器轰鸣声。

毛胡子队长说："快去收拾东西，我已让他们将抽水机船开来了，直接送梅姑娘到县城，然后坐明天早班长途汽车去苏州。"

　　细米的妈妈立即拉了梅纹,去了她的房间,林秀穗也跟过去,一起帮助收拾东西。

　　抽水机船停靠在码头上。

　　谁都不说话,静静地等待着梅纹收拾完东西出来,然后看着她上船。

　　细米的妈妈院里院外地跑着,在很短的时间内,她就和林秀穗一道帮梅纹收拾好东西,并用竹篮装了一篮子东西,有咸鸭蛋,有今年刚收下的葵花籽等。

　　人群让开一条道,让梅纹走上抽水机船。

　　杜子渐说:"别着急往回赶,你的课我会安排人来代的。"

　　细米的妈妈站在河边,说:"河上风大,快到船舱里呆着。"

　　机器发动起来,船在离岸,不一会儿,水管开始往外猛烈喷水,船被推动,很快开走了。

　　梅纹没有进船舱,而是站在船头,转身朝岸边看着,摇着手。

　　等船走远,毛胡子队长说:"杜校长,杜师娘,我现在告诉你们实话,梅姑娘她父母亲都死了。那轮船超载,是条很大的河,起了大风,船翻了。她父母刚被宣布没问题,两个人从山里被放出来,正高高兴兴地一道回苏州。……"

　　细米的妈妈掉头看了一眼正在远去的抽水机船,眼泪便下来了。

　　人群散去,细米却一直坐在码头的跳板上。他一直看到抽水机船被暮色慢慢融和,却仍坐在那儿。

　　河上起了水雾,往村庄与树林弥漫着。

　　有人碰了碰细米的胳膊,他掉头看到了红藕。

　　红藕递给他一块手帕。

他摇摇头,继续让眼泪模糊着双眼……

2

梅纹走后,细米无心上课,也无心到小屋里去雕刻那些木头。时间一天一天地过去,他一天比一天地思念梅纹。

妈妈在一天一天地数着日子:"你纹纹姐离开稻香渡已经七天了。"

七天了,毫无讯息。

妈妈有时会站到院门口向大路眺望,并在嘴里念叨:"回来吧,回来吧,这儿也是你家。"

细米则会走出去更远,到校门外去,坐在路口上去眺望。在梅纹离开稻香渡的日子里,细米惟一想做的就是眺望,他能在路口一坐就是几个小时。

稻香渡的老师们没有一个再拿细米开玩笑。

陪伴细米眺望的是翘翘,它坐在细米的身旁,两条前腿直立,一动不动地望着通往稻香渡的大路。

红藕也会经常过来,陪伴着细米一起眺望。

眺望是默然无语的,是专注的,没有悲哀,没有忧伤,没有焦躁,也没有疲惫感,只有心底的一番思念。

冬天的田野似乎是静止的,风车不转了,牛歇在牛棚里,船拴在河边上,云也不再飘动,乌鸦也很少飞翔,在白天的大部分时光里,它就那样缩着脖子站在田埂上。

妈妈说:"你纹纹姐姐离开稻香渡十天了。"

细米眺望的时间又增长了。

有时,稻香渡中学的老师们会过来劝他:"细米,外面天冷,回去吧。过几天,她就会回来的。"

谁也劝不动细米。

稻香渡的男女老少都看到了这个形象：一个男孩盘腿坐在路口，静静地眺望着。

由于坐的时间太长，双腿已经麻木，每次细米从地上起来时，都会有很长一阵时间走不了路。

红藕担心地问："她不会不回稻香渡吧？"

细米没有回答，但他却在心里说："她会回来的。"

红藕望着大路，安慰着细米，也安慰着自己："她会回来的，她还没有把那盘格子跳完呢。"

细米点点头。

红藕问："你说明天会回来吗？"

细米说："明天不回来，还有后天。"

红藕说："后天不回来，还有大后天。"

这两个孩子就坐在路口上猜测着，猜测了一阵之后，就会再度回到无声的状态里。

这天黄昏，细米的视野里出现了一个人影，这个人影一出现时，他的身子像被电触了一下。他不敢相信那是梅纹，便还坚持着坐在那里，但他的心跳一下加快了。

那个人影越来越大，也越来越清晰。

细米再也沉不住气，一下从地上站了起来，但他没有立即向前跑去。

那个人正朝这边走来。虽然已是黄昏，但已经看出她是个女孩，并且肯定是一个城里的女孩——只有城里女孩走路才是这副模样——就是梅纹平时走路的那副模样。

"是她！"红藕指着来人说。

还没有等红藕将话说完，细米已经冲了出去。他的腿有点麻，因此，他在跑动时，腿有点跛。

翘翘紧紧跟着他。

细米没有从通常走的路上跑过去,而是抄一条最近的路,向来人跑去。当他穿过一片树林时,树枝撕破了他的衣服,并划伤了他的脸。

红藕在后面追赶着:"等等我! 等等我! ——"

他"呼哧呼哧"地喘息着,将红藕远远地甩在了身后。"回来了,回来了……"他一边跑着,一边在心中絮絮不休。

那个人已经走到了林子边。

细米即将冲出林子时,脚下被露出地面的树根绊了一下,他打了个趔趄,努力想稳住失去平衡的身体,但最终还是未能遏制住跌跌撞撞,双手向前,扑倒在了路上。这时,他听到有人"呀"的一声惊叫,但他被摔晕乎了,一时竟不能爬起来。

红藕正穿过树林向这边跑来。

细米听到一个陌生的但与梅纹的声音一样好听的声音在他耳边响起:"你没有事吧?"

细米睁开眼睛,看到了一双脚。

红藕跑出了树林,愣住了:来人并不是梅纹。

细米用双臂支撑起身体,红藕跑过来,与那个女孩儿一起,将他从地上拉起。

细米看清了那个女孩儿,羞愧地低下了头。

女孩后面走来了一个扛包的孩子,红藕认出了他:"毛头!"

毛头问:"你们怎么在这儿?"他望了一眼那个女孩儿,说,"这是我表姐,从上海来我家玩,我是去接她的。细米,你的脸上流血了。"

毛头和他的表姐走后,细米坐在路边上,不肯再回家了。

红藕站在他身边,不住地说:"回家吧,你回家吧……"

又过了十天,就在这个跌倒的地方,细米终于接到了梅纹。

她一脸苍白,身体十分瘦弱,嘴唇爆皮,没有一点儿血色。她的辫梢上扎着一根白布条,当时风大,白布条在风中不住地飘动。

在走向稻香渡中学时,她的一只胳膊搭在细米的肩上,另一只胳膊搭在红藕的肩上。

杜子渐、细米的妈妈以及稻香渡中学的全体师生都站到了校门口……

3

梅纹回来后躺倒了,一躺就是一个星期。她心里想起来,可是身子却不由她。

她瘦成一片芦苇叶儿,盖着被子却看不出被子底下还有个人。细米的妈妈用热毛巾给她擦擦脸说:"你先别惦记着起来。"

她只好躺着,但并无困倦。悲哀已经淡去,只是心不时地会被一种什么东西所触动,那时,薄而凉的泪水就会慢慢流出。白天,她都是醒着的,夜里也不怎么睡得着。她并不焦躁,无论是白天还是夜晚,都显得十分安静。

她会想起青色的苏州城,可它似乎正在记忆中远去。想起它时,她会有一点点心疼,但并不深刻。

早晨,阳光照进屋里,她会长久地注视着窗前桌子上所放着的两件东西:一块木料,一只小巧玲珑的箱子。

那天,她去认领从水中打捞出来的遗物时,在墙角上看到了这块木料。很显然，人们并没有将它看成是遗物，以为是随水漂来的，只是觉得是块不错的木料，才顺便捞了起来。她一眼就认出了这块木料是属于父亲的。她好像曾经见过这块木料似的，其实她只是在父亲的信中听父亲说起过。她认领了它。

这块木料，与其说它是块木料，还不如说它是块铁——铁的颜色，铁一般沉重。

阳光下，它泛着铁一般的光泽。

那只小巧玲珑的箱子，是她从那座青瓦小楼里取出的惟一的东西：那是父亲出访欧洲时带回的一套雕刻刀，是父亲最钟爱的一套。

红藕她们几个女孩会不时地来到她的房间。她们会"唧唧喳喳"地向她说班上的事，说学校的事，说稻香渡的事。

她听着，有时会微微一笑。

红藕对她说："等你好起来，我们一起跳格子。"

琴子说："那盘格子还没跳完呢。"

红藕说："你还差两步。"

她笑笑，点点头……

细米的妈妈对梅纹的照顾是无微不至的。这些日子里，她对梅纹的怜爱已到了极致。这种怜爱感染了稻香渡的全体老师与学生，也感染了稻香渡的全体村民。

梅纹羞涩但却又很坦然地接受着细米的妈妈所给予她的一切爱抚与照顾。

还有郁容晚温暖的口琴声。他从荷塘边挪到了她的窗下。常常是夜很深了，他才离开稻香渡。

人去了，但琴声似乎还在，像风在梅纹的屋前屋后绕来绕去。

　　细米在梅纹躺倒后，就一直未进过她的房间。他从妈妈的脸色、情绪与忙碌里，感受着梅纹。这几天，他老坐在门槛上，望着白栅栏想什么心思。

　　妈妈问："细米，你老发什么愣？"

　　细米问："妈妈，湖里还会有那种金鲤鱼吗？"

　　"有大概还是有的，但已很少了。我都好几年不见这种鱼了，还是在你八岁那年你生病时买到过一条。"

　　细米记得，八岁那年他生了一场大病，瘦弱得像只猴，也是躺在床上起不来，后来，妈妈买到了一条那种鱼，熬了汤。说来也真是神奇，他连喝了几顿那种鱼汤，身体竟然一天一天地有了力气。

　　妈妈说："这鱼，是这地方的稀罕。听你爸说，就我们这儿的湖里有，别的地方还没有呢。"

　　细米还依稀记着这种鱼：金色的，嘴巴翘翘的，有四个鼻孔，尾巴是透明的，像玻璃。

　　妈妈忙，没有往深处想细米问这个干什么。

　　细米也不想告诉妈妈他要干什么。他要悄悄地去做一件事：从湖里网一条金鲤鱼。他认定只有这条鱼能使梅纹的身体恢复气力。他从红藕家借了渔网。这天天还未亮，他就溜出家门，扛着头天就在草垛下藏着的网出发了。走了几步，他还回头看了一眼梅纹房间的窗子。

　　只有翘翘知道他要去干什么，它在他身前身后地跑着，一副很兴奋的样子。

　　夜里下了一场大雪，田野灰白一片。

　　雪在他脚下"咯吱咯吱"地响着，很动听。走了几步，他感到耳朵冻疼了，便放下了帽子。渔网很长，渐渐在他肩上颠散，耷拉在了雪地上。他整了几次，但都是不一会儿又颠散了,又耷拉在雪地上。他懒得再去整它,干脆就让它耷拉在雪地上。渔网从雪地上拖过后,留下了一道长长的印迹,像夏天天晴时的夜空里一颗彗星拖着的一条长长的尾巴。

翘翘喷出的热气,在寒气中变成一团团白雾。

走到湖边,太阳出来了。

细米将网扔到头天就藏在芦苇丛里的小船上,然后和翘翘一起跳了上去。

湖上结了薄冰,小船行过时,薄冰破裂成无数的碎片,并发出清脆的声音。

在秋天已经飘尽了芦花的芦苇,经一夜的大雪,仿佛又重新开满了白色的芦花,并且比秋天的还要蓬松肥大,像翘翘的尾巴。

细米荡着双桨,每当桨叩到水面时,薄冰就像蛋壳被敲成两个小洞,双桨一用力,船头的冰就"咔嚓咔嚓"地断裂,漂向水底。

细米必须要将船划到湖的中央去,因为那里没有结冰,好下渔网。再说,金鲤鱼一般生活在深水处。

阳光已经照到了大湖,大湖金光闪烁,刺得人眼睛生疼。

小船忽然快了起来——薄冰已留在了船后。细米掉头往回看,岸上的房屋与树木虽然历历在目,却似乎都变小了。

小船停在大湖中央,从岸上看,不像船,像一道黑色的弧线。

翘翘冲着水面叫了几声,细米的第一网,在他猛的一个旋身之后,已经如花盛开在阳光下,然后飘飘而下,如一片雨落进水中。他静静地等候着,估计网已完全沉到河底之后,才开始拉网。河水很冷,湿漉漉的网像长满了利刺,使细米感到钻心般疼痛,他不时地将手放在裤子上擦一下,又放到嘴边哈几口热气。

第一网打上来几条鲫鱼,他毫不犹豫地将它们重新扔到河里。他不稀罕这些鱼,他要的是金鲤鱼。

在接下来的两三个小时里,细米就这样撒网、拉网、再撒网、再拉网。他内心当然希望能很快网到一条金鲤鱼,但他心里也十分清楚,这是不可能的。他必须有足够的耐心与毅力。他往湖边走来时,就已经想到了这一点。累在其次,主要是寒冷难当。帽子即使已经放下,两只耳朵仍然被冻得像要掉下来一般。两只手已经发紫发僵,疼痛里含着麻木。碎冰漂向河心,随网而上,一不小心,就会被割破手指,已几次鲜血淋淋。开始时,细米还会将流血的手指放进嘴中吮吸一番,到了后来,索性不管了——不管也罢,过不一会儿,创口被冻住,血也就不再流了。

在细米等待收网的那一刻空闲,翘翘都会伸出热乎乎、红绸一样柔软的长舌,舔着细米被冻僵了的手。

大湖里有的是虾,有的是各种各样的鱼,但就是没有金鲤鱼——金鲤鱼仿佛已绝迹了。细米开始怀疑起来,甚至一直怀疑到从前大湖里是否确实有过这种鱼,尽管他八岁时见过这种鱼,尽管这里的人也都说大湖里有这种鱼。

远远地传来了妈妈的呼唤声——已是中午,妈妈在呼唤他回家吃中午饭。

他和船在重重的芦苇包围之中,谁也看不到。他没有应答妈妈的呼唤。

太阳开始暗淡、失去光彩,天色与水色随之变化,那番耀眼的明亮与洁白,正转变为灰白,如同太阳升起之前的色调。

先是水面上起了皱纹,不一会儿,船便开始轻轻摇晃——风从北方吹来了。

芦苇开始摇晃,身上的积雪"扑啦扑啦"地掉进水中,立即被溶解了。

　　细米坐在船头上,望着正一点点变得阴沉的大湖,心里感到有点绝望。

　　天空又飘起雪花,先是细细的尖尖的,像寒霜和玻璃碴,不一会儿,就丰满起来,蓬松起来,绒绒的,一团一团地漫天飞舞。它们遮住了细米的视野,除了小船的周围十几米还能看清,其余一切都被稠密的大雪所遮蔽。世界仿佛就只剩下一方小小的天地,就只剩下了一条船、一张网、一个人、一只狗。

　　翘翘显然有点慌张,冲着天空飞舞的雪花"汪汪"叫唤。

　　船白了,狗白了,人也白了。

　　大雪反而刺激了已经疲顿了的细米,他的身体由于过度寒冷而开始发热,他抛网的动作开始变得精彩而有力。他双腿叉开,稳稳地站在船头,然后将网绳在手腕上绕上几圈,双手将网拢住,先是试着转旋身子,等力量运足了,姿势把握好了,感觉也找到了,就会大幅度地来一个旋转,随着结实的小屁股蛋儿一扭,网便从手中飞出,飞向天空,张开,落进水中时发出"刷"的一声。然后,他神情专注地看着大湖。他都能感觉到网下沉时的样子。往上收网时,他的动作很轻,节奏十分均匀。

　　但撒了大约二十几网之后,他的兴致开始减退,而脾气开始变得暴躁。当他又收起一网,见到又是两条鲫鱼时,他猛地一跺脚,随即弯腰捡起一条鲫鱼,一边在嘴里骂骂咧咧,一边憋足了力气,将鲫鱼砸向远处,因用力过猛,脚下一滑,身体失去平衡,差点栽进湖里。他将另一条鲫鱼扔给了翘翘。

　　翘翘用一只爪子压住鲫鱼,鲫鱼扑打着尾巴,它又用另一只爪子按住,直到鲫鱼窒息而死,才美美地吃掉。

疲倦、饥饿、手脚被冻僵,加之心情焦躁,细米抛网的动作开始严重变形,网抛出去时,已有几次未能充分打开,一大团,就落进水中。

细米冲着大湖,说着:"你躲不过的!我不网到你,绝不撒手!你还是乖乖地入网吧!我不网到你,我就死在湖上!"然后,他就开始猛烈地跺船,"咚咚"声如雷响彻了雪空。

后来,他既失去了力气,也失去了意志,笼起双手,斜倚在船舱里。

翘翘赶紧跳到他身边,为他取暖。

他呆呆地仰望着天空,任大雪落在他的脸上、身上。

风更大,船像摇篮在摇摆。有片刻时间,细米居然睡着了,甚至做了一个短短的梦。

翘翘咬住他的棉衣,使劲拉动,将他拉醒。

细米扭头看看颜色变得越来越深的湖,在嘴里念叨着:"鱼呀,鱼呀,你上网吧……"

翘翘紧紧地挨着他。

他想起了梅纹,突然抱住翘翘,将头埋在它潮湿的毛里哭起来。

没有太阳,天色昏暗,细米无法判断现在已是一天里的哪一时刻。但他知道,离天晚已经不远。他不能再这样躺下去,便用手抓住小船的边沿,用力站了起来。就在他躺在小船船舱的这一会儿工夫,船头上的网已经被冻住。他一扯动时,就见碎冰稀里哗啦纷纷落下。他揉搓了几下,直到将网揉搓开。

网再度飞向空中。

不知不觉中,风雪停住,太阳居然又显露出来,但已在西边的芦苇梢上。

湖水开始变成橙色。

当芦苇梢已经在落日之上晃动时,细米抛出最后一网,"扑通"跪在船头上。那时,船头正对着太阳,阳光照得他的脸红得像一枚甜橙。

细米已无能为力,他只能向大湖祈求了。

他跪着,两只眼珠出奇的亮。

他就这么跪着,一副永远的样子,直至被结结实实地冻住在船头上。

湖面无一丝波纹。

翘翘一直低头观望着水面。

细米的手上绕着网绳,胳膊无力地垂着。

翘翘歪头看着,并竖直了两只耳朵,因为它看到了一个奇怪的情景:网绳的周围起了细密的圆形波纹,像是网绳在轻轻地颤抖——网绳确实在颤抖,并且越颤抖越厉害,那些圆形波纹由铜板大,变成了烧饼大。

细米垂下了头。

翘翘终于冲着水面"汪汪"叫唤起来,并呈现出一副要跳入水中的样子。

细米受了惊动,掉头看到了翘翘一副兴奋与焦急的样子,不知道发生了什么。

翘翘从船头跑到船尾,又从船尾跑到船头,并不住地在喉咙里发出一种呜咽声。

细米忽然发现了绳子周围的圆形波纹。他知道有一条大鱼被网住了。但他并不特别激动,因为,他并不在乎一条普通的大鱼。他站起来,将网往船头上拉着,他拉得很慢。

翘翘不住地叫唤,并不住地在船上来回跳动与奔跑。

在网即将全部拉出水面时,细米忽然感觉到水中似乎亮起一道金光。他浑身哆嗦起来,心更是哆嗦得厉害。他突然地变得没有一丝力气了,两腿乱摇,有点要站不住了,剩下的网居然再也拉不上来。

翘翘趴在船边,竟然将两只爪子伸到水中,胡乱地抓挠着。

"细米,你怎么啦? 怎么啦?"细米在心中不住地问着自己,"你沉住气呀,沉住气呀。"他努力着,让自己重新获得力量。

剩在水中的渔网忽然动弹起来,泛起一团团水花。

细米的眼前几次闪烁着金光,他终于克制住了自己的颤抖,胳膊也渐渐有了力量。但他并没有立即拉动渔网,他大口呼吸着清新的空气,让自己进一步积蓄着力量。等完全有了把握之后,他才慢慢拉动最后的渔网……一条金色的大鱼露出了水面,它使大湖刹那间变得一片华贵。

翘翘不再吠叫,而是让开位置跳到一边。

"是它,是它,它来了,它来了,它终于来了……"细米望着它,心中流过一股暖流。

它安静地躺在渔网里。

细米突然将网提起,并立即放入船舱。

它终于反应过来,开始蹦跳,渔网像一把伞,不住地撑起,不住地收回,又不住地撑起。

当它再一次蹦起时,细米扑进了船舱,将它整个儿压在了身子底下。既是疲倦,又是陶醉,他闭起了双眼。"你真有力呀,你跳吧,跳吧,我不怕你跳……"他压住它,坚决地压住它,直到它安静下来。

大约半个小时后,找他的妈妈与红藕看到远处的雪地上,一个人扛着网正朝她们走来。

他腕上拴着一根六七尺长的绳子,绳子的那一头拖着一条金色的鲤鱼。它体形修长,结实而又富有弹性。它从雪地上滑过时,金光淡淡地照亮了周围的白雪……

4

大约在寒假结束前三周,梅纹终于能下床行走了。

她十分清瘦,眼睛周围是淡淡的黑晕,眼睛显得有点过大,并且亮得出奇。当她轻如薄纸走过一排排教室时,孩子们都挤到教室门口与窗口来,无声地望着她。

她呼吸着室外湿润的空气,感受着冬天的阳光,虽然觉得身体依然十分的虚弱,但又分明觉得自己熬过来了,血液正在加快流淌,力量正在重新注入身体。她心里充满感激,感激稻香渡所有的人,感激生命的坚韧和对她的厚爱。望着那一双双朴实、单纯的眼睛,她的心酸溜溜的。她对所有的一切,都变得十分的敏感与多情。在天空翱翔的鸽群,在雪地上奔跑的山羊,在草垛旁觅食的麻雀,在棉花田中一闪而过的野兔,无一不使她感动。

她对自己说:快点好起来,快点好起来。她想到了讲台,想到了细米的雕刻,想到了郁容晚的口琴声里所蕴含着的慰藉与脉脉温情,想到了那盘未跳完的格子……她正在从极度的悲伤、无底的绝望和让人木然的巨大空白中慢慢走出。

寒假前的一周,她走上了讲台。

开始放寒假了。

梅纹没有回苏州,她害怕看到苏州河,害怕看到那些经常与父亲母亲一起走过的深深小巷,更害怕回到那座曾经装满温馨而如今已人去楼空的青瓦小楼。她正在困难地走出悲伤,她已经没有勇气与力量重新跌落进悲伤的回忆。她不能离开稻香渡——只有稻香渡才能使她忘记悲伤，只有稻香渡才能使她解脱，也只有稻香渡才能使她快乐起来。

她留下了，虽然所有的老师都已离开学校回家去过寒假了，虽然稻香渡中学已没有一个学生。

往日喧闹的校园，空荡荡的，静悄悄的。

但有细米一家人住在校园里，梅纹并不感到孤单。因为与细米一家人呆在一起的时间变长了，她好像也回家了，并且好像是从遥远的地方回到了家中。她有了一种未放假之前所没有的闲散、温馨与享受亲情的感觉。

细米的妈妈没有劝梅纹回苏州城过寒假、过年，相反，她从心底里希望她能留下来。

离过年还剩半个月，梅纹和细米的妈妈进入"忙年"的状态。她和细米的妈妈一起去镇上购买过年的食品、鞭炮以及其他用物，她和细米的妈妈一起拆洗被子、打扫屋子，她和细米的妈妈一起春米、打年糕……在忙碌中，她的脸上又有了淡淡的红润。

像所有其他乡下孩子一样，过年前的这段光阴，是细米最开心的时光。不再上课，不再做作业，这段时光里，孩子们可以尽情地玩耍、淘气，即使疯过了头，家长们也会因为快过年了，而格外地宽容起来。细米偶尔会毛手毛脚地参与一下梅纹与妈妈她们正在做的事情，但更多的心思是在野外，是在村子里，往往是还没有将一件交待下来的事做完，先把事情做坏了，气得妈妈说："你滚吧。"那时，梅纹就用衣袖擦一下额上的细汗，朝他笑笑。

但，每天都有规定的时间——在这段时间里，细米必须老老实实地呆在那间小屋里。

这段时间里，梅纹会一直陪伴着他。她会很专注地看着他运刀,会不时地指点他。许多时候,她并不让细米一味地刻下去,而是让他停住,对他说一些道理。这是一些当年父亲母亲对她说的又被她重新理解了的道理。对一个喜爱在泥水里摸爬滚打的乡下孩子谈艺术,似乎太奢侈了,但就是在这一段荒芜的岁月里,在一个穷乡僻壤的小屋里,一个苏州城里的女孩儿,却就是谈了。这是那段岁月的一个奇迹。在向细米谈这些似乎与乡下人的生活毫不相干的道理时,她也回到了往日的时光。她从不去追问细米是否能听懂她的诉说。但她从他迷惑、木讷但不时闪烁着光芒的眼睛里感觉到了自己的话正在进入他野性的赤子之心。她正在创造奇迹。

这是她在苏州城以外的第一个冬天。

离春节还有五六天,这时间杜子渐成了稻香渡最忙的人。稻香渡的人家,都希望过年的时候能得到一副乃至几副杜子渐所写的对联。杜子渐写得一手好毛笔字。他的毛笔字没有得到过任何人的指点,甚至没有临摹过任何字帖,纯粹得力于自己的悟性与心灵的指引。这一带,到处有他的字。春节前的几天,是他最风光也最见他风采的日子。人们纷纷将自买的红纸拿来,然后他根据各家各户的情况以及对联所贴的位置,开始很投入地书写,能从早上直写到深夜。他有个习惯:见毛笔尖参着毛拢不住时,会放在嘴唇间轻轻地抿一抿。因此,一整天里,他的嘴唇上都沾着墨汁。

梅纹常常会站在一旁观看,看杜子渐抑扬顿挫地起笔,看那字一个一个地从他的笔下潇洒走出,心中惊叹不已。同时,她明白了细米原是与父亲一脉相承,杜家父子的心灵与血液里暗藏着某种与艺术息息相通的东西。

细米的妈妈则开始了她每年过年前的一份独立的不让别人插手的劳作:为全家人准备新衣新鞋。她要在大年三十那一天,使全家每个人都焕然一新。今年,她最精心准备的是梅纹的新衣新鞋。她不考虑她一个城里的姑娘究竟如何打扮,她只想按一个乡下女孩儿来打扮她。早在一个多月前,她就开始悄悄地为她缝制衣裤。她的一套针线活在这地方上是有名的,她相信她能将梅纹打扮得体体面面。虽然是土布,但她心里知道,她设计的式样和她的颜色的搭配,一定会使梅纹有一套光彩照人的衣服。鞋样纯粹是乡村的鞋样,绣了花,她所喜欢的花。衣服和鞋做好后,她都没有让梅纹试一试,她相信它们一定适合梅纹,她要等到三十晚上才拿出来。她将它们细心地放在一只筐箩里。她把一双十分好看的鞋垫事先就在鞋里放好,甚至连袜子都卷好放进了鞋壳里。

就等大年三十了。

然而,农历二十七,杜子渐却收到了一份加急电报:他的姐姐、细米的姑姑在泰州去世了!

刹那间,酝酿得已十分浓烈的节日气氛一下子被悲哀冲散了。杜子渐三岁时就丧父丧母,是姐姐将他拉扯大的,并且是他惟一的姐姐。他们必须立即动身奔丧,一时一刻都不能延误。

"真糟心。"细米的妈妈一边抹眼泪,一边赶忙收拾东西。她心里担忧着梅纹:让她冷清了,大过年的!

梅纹一边安慰着她,一边帮细米收拾东西。

杜子渐却说:"细米留在家里。"

妈妈对细米说:"今年过年就你俩了。"她将事情一样一样地交待给他,"你要让你纹纹姐姐高高兴兴的。"

5

两个人的校园,安静得有点寂寞。

郁容晚回苏州城里去了,红藕家缺少人手,要在家与妈妈一起忙年,也不能常来校园。

大部分时间,梅纹与细米的活动范围仅限于梅纹的房间与细米家,他们很少在校园里走动,更很少去那座祠堂,因为一旦面对那座堆满岁月记忆的祠堂,他们就会有一种难以承受的空幻感,甚至会有一种不敢抬头正视它的恐怖感。在这寒冬岁末,它森然难近,像一位神秘的老人在自言自语着一番孤独。

梅纹与细米觉得在这个世界里,就只剩下他们两人,是不能再分开了。

晚上,他们要在一起呆到睡觉的时间,才各自回自己的房间。

大年三十那天,红藕家送来许多好吃的东西,但并未让细米到她家过年,因为这里有个风俗:一个人家,在大年三十那天晚上,必须有一个人守护着房子,而且各家归各家是不互相走动的——这大概也是杜子渐要将细米留下的缘故吧。

下午,梅纹和细米老早就忙开了。所有的节日程序,细米都记得清清楚楚,他一样一样地做,做得有模有样,像个大人,让梅纹惊奇而又好笑。烧香、烧纸、点蜡烛、供奉祖先,一切,都按爸爸妈妈在家时的样子做,偶尔做错了,他就会说:"不是这样的,重来一遍吧。"于是就重来。他的神情是专注的、神圣的,但在他心里却总有一番游戏的快乐。

傍晚时,天竟然下雪了。天一下雪,更使人觉出岁末的凄凉与圣洁。

他们开始贴对联。往年,这些事是由细米与杜子渐一起完成的,而现在得由细米与梅纹来完成了。院门、屋门、房间门、窗户,甚至是猪圈与鸡栏,都得贴,长短不一,宽窄不同,各处有各处恰到好处的美词。张贴时,细米为主,梅纹只是个帮手。细米不住地指挥她:"你往后退两步,看看,是在正当中吗?"梅纹就往后退,凝着神,左看右看,或是说:"在当中。"或是用手比画着:"高了。""低了。""往左再来一点。""往右再来一点。"

梅纹的房间门上,也贴了对联,立即,她的房间就变得喜气洋洋,温暖了许多。

还有一堆写好了的对联未贴。每年的大年三十,杜子渐都要把稻香渡中学的所有的门全部贴上对联。

"贴吗?"梅纹望着有点倦怠的细米,说。

"贴!"细米打起精神来。

他们就一路贴下去,所有教室的门、办公室的门、教师宿舍的门,都贴上了对联。雪花飘飘之中的稻香渡中学,被他们装点得喜庆而又庄严。

他们往后退去,将整个校园全都纳入他们的视野,这时,他们见到了一纸纸红色的对联,在飞雪中显得十分鲜艳,充满活力。

梅纹从未见过这般壮观的景象,又是在这苍茫的岁末,心里不禁一阵感动。

对于今晚的稻香渡中学而言,这是他们两个人的节日,而校园如此之大,他们仅仅两个人儿,因此这节日便显得盛大了。

他们忽然往家中跑去,欢乐无比。

还没有一户人家放鞭炮,细米却按捺不住了,问梅纹:"我们先放吧?"

"好,我们先放。"

细米将有一丈余长的挂鞭挑在一根竹竿上,然后将竹竿交给梅纹举着,他用一支香点着导火线,随即挂鞭便"噼噼啪啪"地炸响了。纸屑乱飞,烟雾腾腾,一股硫磺味迅捷弥漫在空气里。

接下来,细米点燃了第一支"双响"。随着"咚"的一声巨响,它直冲雪空,紧接着在半空里又是一声巨响。就这样,细米正式拉开了稻香渡节日的序幕。

从早上开始,翘翘就一直在欢腾,此刻,巨大的声响,既使它感到害怕,又使它感到兴奋,它跑到院门外,又蹦又跳,大声叫着。

细米一共放了五支"双响",十声巨响,震天动地。

然后他们开始忙着烧年夜饭,今年的菜准备得很充足。烧什么,怎么烧,细米的妈妈临走时,都一一交待过,他们严格按她说的去做。个别的细节上,细米想马虎一点,梅纹则不答应。

天黑了,雪越下越大,天气也越来越冷。

梅纹建议:"到我房间里吃吧,我房间里生着炉子,暖和。"

细米点点头。

于是,一个在栅栏那边,一个在栅栏这边,一个递过去,一个接过来,不一会儿工夫,就将一桌饭菜,运到了梅纹房间的桌子上。酒和酒杯也拿了过来。妈妈临行前叮嘱:"一定要喝压岁酒。"

"全齐了。"梅纹对栅栏那边的细米说,"你快过来吧。"

细米却转身又跑回屋里。

梅纹问:"你还要干什么?"

不一会儿,细米一手举着一支铜烛台走出了家门,那烛台上各点了一支长长的大型蜡烛,正跳动着金黄色的火苗。

还未刮风,细米走动时,火苗在飘飞的雪花中居然不灭,只优雅地摇曳着。细米举着烛台在大雪中慢慢穿过,梅纹觉得这个形象十分生动,一时忘了一切,在栅栏那边,痴痴地看着。

烛台后来又越过白栅栏,传到了梅纹的手上。

当梅纹将烛台端进小小的房间,在桌上放定后,一种温馨的气氛立即弥漫了这小小的房间。

墙角上,一只煤球炉正旺旺地燃烧,在寒冷的夜晚,酿出一番温暖的天地。那一粒一粒淡黄色的煤球,让人感到了一种活力,还让人觉得十分的好看。

梅纹给两只杯子倒了酒,然后举起杯子说:"来!"

细米有点害羞地举起杯子。

梅纹用自己手中的酒杯轻轻碰了一下细米手中的酒杯:"新春快乐。"

细米也不回应一声"新春快乐",因为他就只剩下了害羞。

梅纹觉得他像个小女孩。

这是细米第一次喝酒。他不知深浅,一口喝大了,酒通过喉咙时,如火焰滚过。

梅纹好像能喝酒,在细米不知不觉中,居然将杯中的酒喝掉了,然后又往杯中倒满了酒。

这时,前村后舍响起了鞭炮声,先是稀稀落落,后来逐渐稠密,最稠密时如暴雨打在一片芭蕉地里,那声音使人振奋不已。

梅纹居然将杯中的酒又喝尽了。

细米不知道是否应当告诉她不要再喝了。

在他们头里大鱼大肉已吃得饱饱的翘翘,也分得了一张椅子。它坐在那儿,一会儿看看梅纹,一会儿看看细米,觉得今天晚上,这两个人很好看、看不够。

外面起风了。

梅纹往窗外看时,只见雪下得更猛了。

梅纹似乎微微有了点醉意,眼睛变细,目光有点蒙眬。

风来得很快,不一会儿,就听到了它的呼啸声。稻香渡校园里到处长着树,枯枝被积雪压住,本就有点经受不起,大风再一来,就纷纷折断,"咔吧咔吧"声使人误以为又是一波爆竹声。

"听收音机说,今夜有暴风雪呢。"梅纹有点担忧与害怕地望着窗外。

吃完饭,他们开始收拾碗筷,还是一个在白栅栏这边,一个在白栅栏那边,一个递过去,一个接过来,动作很快,转眼间就将碗筷等又运回到了厨房里。

细米想起了妈妈的嘱咐,从屋里捧出了笸箩,递给了梅纹:"这是你的新衣新鞋。"

梅纹接过笸箩说:"你先回屋里,过一会儿,听我叫你,你就过来。"说罢,转身进了房间。

细米没有进屋,就站在风雪里,风大声大,他怕自己听不见梅纹的叫声。

梅纹穿好衣服和鞋,照了照镜子,打开门叫道:"细米,进来!"

灯光下,细米好像见到了又一个梅纹。

"好看吗?"

他点点头。

夜深了。

细米想:该睡觉了,明天还要早起放鞭炮呢。

细米刚走出门时,梅纹忽然叫了一声:"细米! ……"

细米回过头来望着她。

"夜里冷,你要盖好被子。"

细米点点头往家里走去。

这时,梅纹听见后面的窗户"咣当"响了一下,好像有什么东西击中了玻璃似的,不禁一阵紧张,随即又叫道:"细米!……"

细米停住,转过身来。

翘翘不知为什么,突然蹿出了院子,冲着夜空大叫起来。

梅纹站在栅栏旁,回头看了一眼后面的窗户,然后望着细米:"我有点儿害怕。"

细米不知道怎么办,呆呆地站在风雪里。

后面的窗户又"咣当"响了一下。

细米听见了,立即跑出院门,跑进梅纹的屋里,又连忙跑到后面的窗下。他将脸贴在玻璃上往外看,除了看见在大风中摇动起伏的竹林,什么也没有看见。

当细米再一次要走出门时,梅纹说:"就睡在这儿吧。柜子里还有一床新被,给你,你睡里边,我睡外边,你睡那头,我睡这头。"

墙角上,炉中新换上的煤球正处在燃烧的顶点,一粒粒煤球,好像即刻间就要熔化。

细米站着不动。

梅纹却已在收拾她的床,为他准备被子、枕头去了……

6

一条新被放开了。红绸被面,白布被里。仿佛是为细米早准备下的——总会有那么一天,细米要在这里过夜。

梅纹将一块干干净净的枕巾在枕头上放好、抚平,说:

"你睡这头,我睡那头。"

新被、新枕巾,在屋里散发着一股清洁的气息。

梅纹掀起新被的一角,说:"天不早了,睡吧。"

细米好像一棵树长在了地上。

风吹过屋檐,瓦片发出音乐般的哨声。后窗外的竹子,被风所吹,不住地从玻璃窗上掠过,"沙沙"作响。这年的大年三十之夜,暴风雪正在包围着稻香渡中学,正在包围着他们。

梅纹掀起窗帘将脸贴近玻璃,望了一阵,说:"雪真大!"

翘翘既慵懒又新鲜地蜷缩在火炉旁,它不时地看看梅纹,看看细米,又不时地看着那张还挂着夏天蚊帐的床,心里想不太明白:你们怎么还不上床睡觉呢?

"脱衣服呀。"

细米终于磨磨蹭蹭地走近了床。他脱得极慢,解一个纽扣,好像花了一年时间。当所有纽扣全都解开、棉袄就要张开时,他一下抓住了棉袄的对襟:冬天时,乡下孩子就只穿一件棉袄,里头是没有衬衣的,棉袄打开时,就会露出光光的胸脯。

细米知道自己的胸脯是很难看的,肋骨根根,像一袭鱼刺。

"快脱呀,冷。"

细米却就是抓住棉袄的对襟不动。

她转过身去收拾那张她看书、批改作业的桌子,其实,那桌子上的东西已经收拾得很整齐了。她将一瓶墨水毫无意义地从桌子的这头挪到了那头,又将两本摞在一起的课本颠倒着放了一下……

细米转头一瞥,见她正在收拾桌子,便飞快脱掉棉袄,踢掉了鞋,机灵地上了床,仓皇地钻进了被窝。是连着棉裤钻进被窝里的——他只有在被窝里脱棉裤,因为同样如此,冬天时,乡下的孩子只穿一条棉裤,里头是没有衬裤的。他的心在"扑通扑通"地跳着。一边拿眼睛瞟着梅纹,一边悄悄地脱掉了棉裤。现在,那条新被子裹着的是一个赤条条的、汗津津的男孩。

当梅纹回过头来时,细米连眼睛都埋到了被窝里,像鸟窝里一只受了惊动的雏鸟。

细米的心跳渐渐舒缓,他觉得新被子的气味非常好闻。

梅纹将他的棉袄、棉裤展开,盖在了他的被子上。

在梅纹转身去给炉子换炭、调整夜间所需要的风门大小时,细米才将脑袋钻出了被窝。他看到了洁白的帐子、银色的帐钩和帐钩下垂挂着的金黄色的穗子,他觉得此刻他在一个很小很小的世界里。在这个小小的世界里,还淡淡地飘动着只有在这个小小的世界里才有的一种气息。这个小小的世界,让他有一种梦幻的感觉。有片刻的时间,他觉得这是一只有着白帆的小船,正行驶在黑暗中的大河上。

暴风雪正越来越紧。

两支蜡烛正在燃烧,使小屋染上一片橙色。

将一切收拾停当,梅纹走过来问了一句:"冷吗?"

他在枕头上摇摇头。

"睡觉了。"梅纹自语着,然后吹灭了蜡烛。

黑暗里,坐着水壶的炉子闪射着淡淡的红光。

细米听见了梅纹脱衣服时的窸窣声。随着她的衣服被一件一件地解开,他闻到了一种温暖的带着一股奶的淡香甚至有着甜丝丝味道的气息。这种气息竟使他害羞起来,连忙将鼻子埋进了被窝。

她进了被窝,顺手给细米压了压被头。

细米感到了挤压，便使劲向里侧靠去，一直到他的身体紧紧地贴到里侧的墙。当他感觉到他的被子与梅纹的被子之间已经有了空隙之后，心里才踏实下来。

　　"冷吗？"她问，裹着被子朝他靠过来。

　　"不……不冷。"细米将平躺改为侧身，然后再贴到墙上，这才又使他的被子与梅纹的被子之间仍然保留着一定的空隙。

　　细米呼吸有点困难，但他却竭力不让自己大声喘息，而保持一种均匀的、几乎是无声的呼吸。

　　后面的玻璃窗又传来被什么东西击中了的声音。

　　梅纹一惊，哆嗦着，连人带被子又朝细米靠过来，并侧身，双手抱住了细米的被子——连同他的双腿一起抱住。

　　细米觉得自己好像被绳子捆住了，却不敢动弹。

　　她就那样抱住了他，仿佛再也不会松开了。

　　他感觉到她的身体微微有点颤抖，不知是因为寒冷、害怕还是因为其他什么。

　　细米因为紧张与害臊，加之新被与这小屋本就暖和，身上感到热乎乎的。

　　屋外，狂风大作，声音凄厉。大雪成团，挤挤擦擦，纷纷坠落。一场罕见的暴风雪自北而南，正走过稻香渡，走过大年三十的漫漫长夜。

　　无论是因为身体的姿势，还是心情，细米都一时无法入睡。他一直在想明天早晨他将如何起床。他还在想：如果我夜里蹬了被子可怎么好？他睡觉是从来不老实的，常常醒来时发现被子早被蹬到床下去了，即使寒冬腊月，也经常如此。他甚至想象着：夜里，她醒来了，点亮了蜡烛，他呢，赤身躺在床上。这种想象，使他立即被一股沉重的害羞感紧紧袭住，气都有点喘不上来了。

在一种让他的身体一阵阵发热的痛苦中,他煎熬着。

梅纹的双手终于慢慢松开了——她睡着了。

细米有一种被松绑的感觉。他又坚持了一会儿,开始慢慢地活动双腿。他感觉到,她的胳膊从他的绸子被面上滑落了下去。长时间的侧卧,使他感到身体很不舒服。他慢慢地转动着身体,直到将自己的身体放平。他仔细地听着,使他感到奇怪的是,梅纹的呼吸声温柔得几乎听不见,甚至还没有雪花落在地上的动静大。

细米暂且不去考虑明天早晨如何起床的事了,他的感觉变得很好。满屋子洋溢着一种让他喜欢的气息,这种气息与梅纹进入熟睡有关。被子里非常暖和。他的体温本来就要高出常人。冬天,最让妈妈感到惬意的一件事就是夜晚他能光溜溜的睡在她脚底下。妈妈说,他是她脚底下的一盆火。而且现在,他又是睡在一个有炉子的房间里,睡在一条新被子里,外边还有梅纹紧紧地挤着,那番暖和就更不用说了。外面是暴风雪,而床上却是这般暖和,细米感到了一种前所未有的舒服。

不一会儿,他也睡着了。

后半夜,天气变得十分的寒冷,风锐利如锥,从门缝、窗缝以及墙缝中扎进屋里,而炉子就在他们熟睡之际,慢慢地熄灭了。屋里的温度急剧下降,翘翘将身子蜷成一个毛茸茸的球球。

朦胧里,梅纹感到自己身体的一处碰到了细米。这家伙到底不老实,将脚伸出了他的领地,跑到她的被窝里来了。她觉得他的身体热得有点发烫。在这滴水成冰的天气里,她于欲醒未醒之中,向他的身体靠去。不知是什么时候,也不知是细米滑出了他的被子而在寒冷中误抓住了她的被子,还是她本能地向温暖处靠拢而离开了自己的被子,等她真的醒来时,她已双手拥抱着他的双腿与他睡在了一条被子里。

而细米却在沉沉的熟睡中,毫无觉察。

她不愿再离开这番温暖。她于黑暗中摸索着,将另一条被子加封到他们身上。

他整个身体都在散发着让人舍不得丢下的热量,皮肤光滑得如绸子一般,贴近时,使人感到满心熨帖。

风大得能掀起屋上的瓦,就听见瓦在"咯咯咯"地响,像一个被冻的人在敲击着牙齿。

寒夜里,她静静地、牢牢地守着这份温暖。

空气清冷,使她一时未能接着入睡。她听到了细米均匀的、只有孩子才会发出的呼吸声。一些记忆的片断,在她的脑海里忽闪着,犹如风中飘飞的树叶。她也没有心思去选择其中一个一直想下去,却任由它们忽生忽灭于脑海之中。也许是无意,也许是这长夜太过寂寞,也许是出于好奇,她一直抚摸着他的脚趾。她觉得这一个个脚趾柔软而富有弹性。脚趾的形状,使她感到有趣,摸在手里很舒服。她一个一个地抚摸着,有一阵,她觉得那是一排站着的几个小孩的可爱的脑袋。她甚至觉得它们一个个都是有思想的。左脚右脚的脚趾,她都挨个抚摸了一遍之后,她又开始重复抚摸,仿佛在核对它们的数目。

就在这抚摸中,细米醒来了。他怀疑自己是不是在梦中,使劲眨着眼睛。他侧头去看窗子时,看到了翘翘那对熟悉的夜间时如两颗绿宝石般发亮的眼睛。当他知道自己并非是在梦中时,他羞愧极了,接下来脑子里一片空白。他想将双腿从她的手中拔脱出来,但又怕惊醒她——她醒来了,不就知道了吗？他又想到她可能醒着，而假如她是醒着的，他就更不能动弹了，他必须装作他正在睡梦里，他要让她知道他是一个睡觉没有规矩的孩子。

她又渐渐转入睡梦。

当细米觉得她的双手已经没有力量，只是还无意识地搭在他腿上时，他开始慢慢抽动双腿……

睡梦中的梅纹竟然对细米的身体欲要离去极为敏感，当细米的双腿就要从她的双手中溜走时，她一下子又抱紧了他的双腿，并且用劲一拉，将他拉进了被窝深处。

细米的脚趾好像碰到了什么，浑身一激灵，欲想立即挪开，无奈她紧紧地抱着，将他的双脚贴在她胸前。

细米有一种晕眩的感觉，额上沁出来一些虚汗。

他慢慢平静下来。通过脚趾，他感觉到了梅纹那柔和而又纯净的心跳。这心跳让他想到初春时，屋檐上的蓝色冰棱融化后，在一滴一滴地向地面上滴着亮晶晶的水珠。

他每动弹一下，她就会越发忘我地拥抱着他。有一阵，他觉得自己要死了。

她于睡梦中发出模糊不清的呓语，仿佛在对人悄悄地说些什么。

细米恢复了知觉，他感觉到自己的脚靠在一团颤动的、柔软而又温烫的面坨上。他张着大嘴，像六月里因缺氧而浮到水面上来呼吸的池鱼一样呼吸着。

她的手再度像凋谢的花瓣松脱了。

细米的脚从她胸前慢慢滑落下来。

后来，他还是想从她的手中拔脱出来，她又再度抱住。几次之后，她终于对那份温暖不再那么敏感了。他一寸一寸地向上挪移，到他的上身出了被窝时，他好像用了一个世纪的时间。他的身体慢慢离开了她的身体。

风势好像进入了颓败的过程,天色也好像不再那么浓墨一般了。

细米不敢再睡,而此时的梅纹却进入这一夜最困顿的阶段。虽然,她隐隐约约地觉得丢失了什么,几次在被窝里摸索着,但终究再也没有一次固执地寻觅到底。

细米像一只虾米一般蜷曲在角落里,直到天色发白。在梅纹醒来之前,他已悄悄穿好衣服。

远处,已有人家开始放鞭炮。

细米知道,不一会儿,这鞭炮声就会从四面八方响起,比昨天晚上的还要猛烈……

他告诉自己,新的一年开始了,他又长了一岁。

曙色中,他望着依然还在酣睡的梅纹,依照妈妈的嘱咐,在心中为她祝福……

7

大年初一,稻香渡的孩子们一般都不在家中呆着,早晨吃了汤圆,就兴冲冲地出了家门,挨家挨户拜年去了。路上都是穿着好看衣服的男孩女孩,没有一个大人——大人们在家等拜年的孩子来,差不多要到下午三四点钟,他们才开始互相走动。

梅纹对细米说:"你出去拜年吧,我在家守着。"

南瓜籽、葵花籽、柿饼、爆米花、糖块等,都是细米的妈妈早准备好了的。现在,梅纹将它们分别放在盘子、瓦罐或小篮子里,就等拜年的孩子上门来了。

一早上起来,到现在,细米就一直被尴尬把握着。他不敢抬头望梅纹,在她面前,手脚都变得有点生硬。听说梅纹让他出去拜年,他马上点头,因为一出了院门,他就会变得轻松起来。果然如此,他刚走出院门,就长出了一口气,紧接着在雪地飞跑起来。还没有一个人走过稻香渡中学,他的脚印,是第一行脚印。他回头看了看自己的脚印,觉得自己好像是逃跑出来的。

翘翘在雪地上欢快地奔跑着。

很快,细米就融入了一支拜年的队伍。

他先去了舅舅家,但红藕已经出门去他家,两人走岔了。他给舅舅、舅妈磕了头,拿了礼物,就赶紧随便融入一支拜年的队伍,走进了村巷里。满地的雪,踩在上面很舒服。孩子们一边拜年,一边互相砸雪球玩,都很快乐。细米因是校长家的儿子,再说细米又长得那么讨人喜欢,人家在给礼物时,总要比一般孩子多一些好一些。细米的所有口袋,都在很快地鼓胀起来。他高兴而得意,就暂时忘了那个风雪交加的夜晚。

快近中午时,细米在路上碰到了红藕。

红藕是女孩子里头最讨人喜欢的。每年拜年,肯定是她收得的礼物最多。她站在那儿,所有的口袋都要爆炸了。有几颗红枣掉在了雪地上,她觉得那形象很好看,没有去捡。
"昨天夜里,你一个人睡,害怕吗?"

细米的脸一阵燥热,好在在雪地里,谁的脸也都是红的。

"害怕吗?"

"不害怕。"

几个男孩过来了,细米赶紧插到了他们中间,与他们一起走掉了。

红藕在后面大声喊:"细米,我回家把口袋里的东西放下,你等等我!"

细米没有回头,与几个男孩一起在雪地上飞跑起来,将瓜子、爆米花撒了一地……

一连几天,细米也未能摆脱尴尬,直到爸爸妈妈从泰州回到家之后,才稍微得到缓解。

又过了十天半月,细米才彻底地走出尴尬。那个夜晚随着雪的融化,也已经淡化了。

离开学还有一个星期的时间,细米在去红藕家的路上遇到了小七子。更准确地说,小七子是看到细米走过来了,便在路口等着他。

翘翘先"汪汪"叫了两声。翘翘对小七子一向都表现得十分敏感。每回远远地见到小七子,它就会发出警报似的叫声。如果迫不得已必须从小七子身边经过,它表现出既胆怯又充满仇恨的样子。它龇着牙,矮下身子,浑身的毛都乍了起来,眼珠子鼓胀出来,喉咙里"呜噜"着,边看着小七子,边慢慢地走过去。

细米有一个直觉:翘翘在那个暴风雨天气里,已将小七子深深地烙在了记忆里。

细米磨蹭着,想等小七子走了,他再过去。

但小七子并没有走的意思,他在路口站定,一副非等到细米不可的样子。

细米不想惹小七子。像所有稻香渡的大人一样,爸爸妈妈也都对细米说:"你离他远一点。"也像稻香渡的所有小孩一样,细米确实有点惧怕小七子。因为小七子是不可理喻的,小七子甚至是残忍的。他磨蹭了好一阵,也未见小七子离开,只好硬着头皮走了过去。

小七子怪怪地笑着。

翘翘跟在细米身后,它既想掉头跑回家,可又不愿丢下主人。它在喉咙里"呜噜"着,目光里充满了警惕。

小七子倚在一棵树上,两腿交叉着问已经走到他面前的细米:"你去哪儿?"

细米没有理他,只顾走路。

小七子便离开树,横着站在路口,坚决地挡去了细米的去路。

细米站住了。

小七子盯着细米的脸,看了半天,问:"她的那张床很舒服吗?"

细米立即想起了那天夜里梅纹房间的后窗所发出的打击声。

小七子笑着,露出两颗大门牙,恶恶的。

细米要从小七子身旁挤过去,却被小七子推了回去。

细米差点摔了一个跟头。

翘翘冲着小七子"汪汪"叫唤着。

小七子朝翘翘做出要狠狠踢一脚的样子。他的眼睛紧逼着翘翘的眼睛,似乎闪现着一件事情未能让他彻底痛快的遗憾。像翘翘一样,他也对那个风雨天耿耿于怀。他一直没有忘记翘翘居然从他手中逃脱了,他总觉得自己有件事情还未做完。

翘翘向后退了两步,呜咽着。

不远处是一个牛棚,一只小牛犊正钻在它妈妈的身体下面,仰起脑袋,用粉红色的嘴巴叼住一只奶头,淘气、幸福而贪婪地吮吸着乳汁。因为母牛的乳水很旺,小牛犊的嘴角旁溢出了雪白的乳汁。

小七子一边用眼睛盯住细米,一边却又用眼睛瞟着小牛犊吮吸母牛乳汁的情景。他显得饶有兴味,神情里还隐藏着一种下流。

细米又再次要从小七子身边挤过去,又被小七子再度推了回去。

"你有没有吃她的……?"小七子看了一眼小牛犊与母牛。

细米的脸立即涨得通红,不仅仅是害臊,更多的是愤怒。

这回,小七子主动地闪开了道。

细米和翘翘很快地走了过去。

小七子在细米的背后大声地说道:"别看你还小,可你肯定吃了!"说完,他倚在树上"咯咯咯"地大笑起来。

细米弯腰从地上捡起一块砖头,转身朝小七子走过来。

小七子一见,连忙撤退。但他并没有仓皇逃窜,而是在与细米保持一定距离的情况下,一边走一边依然"咯咯咯"地笑着。

细米拿着砖头,也不立即冲上去,而是一步一步地跟着小七子,一副要直跟到天边的样子。

细米的耳朵旁什么声音也没有,只有小七子的"咯咯咯"的笑声,细米的目光里什么形象也没有,只有小七子的那副无耻的面孔。他拎着砖头,跟着。他什么心思也没有,脑子被一阵阵如浪潮涌上的热血搞得昏昏的。他只有一个念头,就想砸死小七子。砸死他!

从表面上看,小七子在退却,但,心里好像另有什么阴险的打算。

翘翘似乎看出了小七子的打算,跑上前来,冲着细米叫着,明显的是想阻拦细米。

而此刻的细米,只有一个不可更改的方向:向前! 向前! 向前!

　　他们走过了一条大路,走过了两条田埂,走过了一条小河的河边,又走过了一条大路,再穿过两块棉花地、翻过一座土丘、穿过一片坟场,正朝远离村庄、很少有人走到的荒野走去。远远地有一架风车立在冬天灰暗的天空下。

　　有一阵,或许是小七子觉得他与细米之间的距离被拉大了,或许是他越来越不将细米的砖头放在眼里了,居然很从容地在路边撒了一泡尿。尿是尿在早在秋天就枯萎了的草丛里的,泛起一团白沫。他往白沫里吐了一口唾沫,见细米走近了,便一边煞裤子一边往前走,走几步回头看一眼细米。

　　小七子走到风车跟前停住了。

　　小七子将细米引到了这里。

　　这是一部野风车。稻香渡的人称离村庄很远而设在野地里的风车为"野风车"。这里有一大片质量不高的地,在一定的季节里,需要上水。这里有条河,但并不与其他的河相通,是条死河,抽水机船无法到这儿,便在这里架设了一部风车。因为是在旷野,风来时毫无遮挡,风车的性子就变得很野,风大时,如果又是满篷,风车转动得让你看不见八扇篷之间的间隙,囫囵一个特大的圆柱体。稻香渡的人说,这是鬼在推车。

　　说到野风车,稻香渡的孩子们都会觉得有股寒气。

　　因为风车性子野,弄不好,风车就会坏部件。因此,在风车转动的季节里,会有专门的人在这里看守。见风大起来,它转得太凶,看车人就会落下其中一两扇篷,或将所有的篷降下一半来。

　　距离风车不远,就是一个看风车的小草棚。

　　小七子站到了风车高大的中轴后面。

　　细米提着砖头过来了。他手上出了汗,但很快被砖吸干了,吸了汗的砖变了颜色。

　　小七子的脸被中轴挡着,他不时地"咯咯咯"地笑着。

　　细米想将砖头朝他的脸砸过去,可是他无法做到这一点。他骂了一句脏话后说:"你有种把你的脸露出来!"

　　小七子将脸露了出来:"你吃了她的,香吗?"

　　细米忽然想起当年稻香渡中学开除小七子的情景:这个下流坏蛋藏到一个女教师宿舍的后窗下,偷看女教师在屋里洗澡,被人发现后,学校将他开除了。被开除的那一天,他既没有伤心,也没有疯狂地大闹,而是光着身子,扛了自家的板凳,从办公室门口开始,一路撒尿,直撒到校园门口。细米像所有稻香渡中学的师生一样,永远记得那条长长的、弯弯曲曲的、充满了邪恶的尿线。

　　细米又走近了几步。

　　小七子居然没有将脸躲到风车的中轴背后,而是不屑一顾地将脸袒露在细米的燃烧得"吱吱"响的目光里。

　　细米举起了砖头,然后将全身的力气聚集到手上,突然凶狠地将砖头砸了过去。

　　那张黑黄色的、阴郁的脸一闪,又藏在了中轴后面。

　　砖头从中轴旁削过,削下了一片木头。

　　那张黑黄色的、阴郁的脸又慢慢地露了出来。

　　细米赤手空拳地站在那儿,刚才那猛然一击,似乎消耗尽了体内的力气。他甚至有虚脱的感觉,两条腿在哆嗦。

　　小七子走过来。

　　翘翘冲上来,一口咬住了小七子的腿——无奈他穿着一条肥厚的棉裤,翘翘的牙齿无法洞穿他的裤子而扎入他的皮肉。

　　小七子飞起一脚,踢在了翘翘的肚子上。

　　翘翘被踢得飞了起来,在空中惨叫了一声,跌在了地上。

小七子朝细米一笑，一拳打在细米的脸上。

细米摇晃了几下，跌倒了。

小七子甩了甩手腕。

翘翘从地上挣扎起来，就在小七子光注意地上的细米时，它从小七子的身后冲了上来。这回，它尽量压低了自己的脑袋，一口咬住了小七子没有被棉裤遮住的脚踝。

小七子发出一声锐利的尖叫。

细米冲着翘翘大叫："快跑！快跑！"

然而，此时此刻的翘翘想着的是那个风雨天、那片玉米地、那片芦苇丛、那场穷追猛打的血腥灭杀。它死死地咬住他的脚踝——用它的生命与多年打压在记忆底下的仇恨。

"翘翘，快跑！你快跑啊！"

小七子蹲下，捡起了那块细米向他砸来的砖头。他龇牙咧嘴看了一眼还未从地上挣扎起来的细米，突然转过身，将砖头猛烈地朝翘翘的头上砸了下去。

翘翘没有发出任何声音，便瘫倒在小七子的脚下。

小七子的脚踝血流如注，翘翘的脑袋也血流如注。小七子的血是黑红色的，而翘翘的血是亮亮的、红艳艳的。

小七子没有扔掉砖头，很显然，他还要再次打击翘翘。他决意就在今天，完成那个风雨天未完成的事情。

细米已从地上爬起。

小七子看了一眼细米，又看了看他脚下如睡着一般的翘翘，冷冷地一笑。

在小七子转过身去，蹲下并挥起砖头准备再度向翘翘的脑门砸去时，细米猛地从车篷上抽下一根棍子，照着小七子的后背劈了下去。

小七子栽倒在被他自己的血与翘翘的血淋湿了的地上。

细米走过来，从小七子身旁抱起了翘翘，眼泪直流，并颤声呼唤着它的名字。

　　翘翘闭着双眼，肚皮一上一下，显然在很痛苦也很困难地喘息着。

　　细米将翘翘的脑袋轻轻放在他的肩头，双手抱着它往家走去……

　　昏迷中的翘翘，依然有着那份永远的敏感。它用力睁开一道眼缝，目光里是小七子虚幻不定的影子。它想看清楚，但目光总是十分模糊。它想提醒细米，可是它没有一丝力气将它的心思转化为行为。它只能呆呆地看着那个影子朝细米一步一步地走来。

　　细米用手抚摸着它的毛，不停地在嘴中说着："翘翘，我们回家了，翘翘，我们回家了……"

　　翘翘终于看清了小七子，他举着棍子，轻步尾追，一脸凶相地正朝细米逼近。它心中十分焦急，但它既无法动弹，又发不出叫声。

　　"翘翘，我们回家了，翘翘，我们回家了……"

　　翘翘的眼睛恐怖地睁大了，它的嘴巴正好就在细米的肩头。它将体内的所有力气积蓄在一起，张开嘴巴，在细米的肩头上咬了一口。

　　那时，细米正走到小草棚的门口。他的肩头一阵疼痛，掉头一看，小七子举着棍子已经站在了离他六七步远的地方。他已无法逃离了，赶紧将翘翘放在小草棚门口，随手从小草棚上也抽下了一根棍子。未等他将棍子举起，小七子的棍子就劈了下来。他一闪身体，小七子的棍子劈在了地上，"咔嚓"一声断成两截。

　　细米举起棍子，小七子掉头跑回到风车下。

细米追过去时,小七子又从车篷上抽下了一根棍子。接下来,两人在风车下追逐着、躲闪着,一会细米爬上了转盘,一会小七子爬上了转盘,一会两人绕着转盘转着圈子。车杠、车轴、篷桅、转盘……整整一部风车似乎都参与了他们的厮杀。至少有两扇车篷被棍子砸破了。棍子越打越短,两个人的距离也越来越近。面对小七子,细米已没有一丝恐惧,他完全忘记了小七子已算是大人,而他还是个孩子,而且他不具备小七子的残忍。但他有小七子不及的灵巧。车杠、车轴、篷桅、转盘,都成了他的朋友。它们在掩护着他,使小七子的劈杀很难奏效。

细米手中握着的最后一截木棍,终于在向小七子劈杀时,被小七子手中的一截木棍打飞了。

细米向后退着,但被车杠挡住了。他想蹲下来钻过车杠躲避小七子的木棍,但已来不及了。小七子扑过来,挥起木棍就朝他砸下,他一躲闪,小七子的木棍砸在了他的肩上。一阵钻心的疼痛,使他眼前一片漆黑。他想靠着车杠不让自己倒下,但没有成功,最后还是跌倒在了地上。

小七子扔掉了手中的棍子,揪住了细米的衣领,将他从地上扯起来。

细米的一只胳膊垂挂着。

小七子照准细米的脑门就是一拳,细米又倒下了。

细米躺在冰冷的地上,从鼻孔里流出来的血也好像是冰冷的。小七子就站在他身旁,他看去时,觉得小七子像门板那么高,也像门板那么薄,脸有点变形,下巴、鼻孔都显得很大,门牙像狗的牙齿。小七子似乎很寒冷,浑身哆嗦着。

细米已无法动弹,他只能由小七子去任意处置了。他的目光里有少许乞求,但更多的是一番平静。后来,他觉得自已困倦了,闭上了眼睛。

小七子踢了细米几脚,但并不太狠。

当细米睁开眼睛时,小七子已经走开。也许是兴奋,小七子正在将车篷一扇一扇地扯起来——已扯了三扇了,第四扇也已扯了一半,滑轮在"咯嗒咯嗒"地响着。

有风,还不小,但风车并未转动——一根粗硕的麻绳拴着车杠,使它无法转动。

小七子将剩下的车篷也都扯了起来。八扇篷,犹如八面大帆,在风中显得十分饱满。风车像从一个瘦骨伶仃的病者,忽然变成了一个威风凛凛的、浑身充满力量的巨人。

冬天的风车是没有生命的,是死的,但现在这部风车却饱含活力与疯狂。由于被绳所拘,它的全身都在发着"咯吱咯吱"的声音,像一个被捆绑的人的关节所发出的声音。

小七子爬上了转盘,然后抱住中轴,向风车的顶部爬去。

细米默默地看着小七子,不知道他到底想干什么。

小七子爬上了车顶。然后慢慢地在车顶上站起来。他解掉了裤带,"咯咯咯"地笑了起来。笑了一阵,他大声地说:"杜细米,你听着,我是被你老子开除的!四年前,五月十四日上午十点,我被稻香渡中学开除了,就是杜子渐宣布的!"他的声音颤抖起来,转而变为"呜呜"的哭泣。他的哭声十分难听,像一头受伤的野兽在草丛中发出的哀鸣,十分凄厉。

细米忽然觉得,小七子挺可怜的。

小七子猛然停住了哭泣,也不再喊叫,他低头看了一眼依然躺在地上的细米,开始撒尿。开始时,尿还是一条直线,但不久,就被风吹散。浇到细米脸上时,已经变成了纷纷扬扬的"雨点"。

细米滚动了一下身体,但"雨点"随即跟了过来。

细米看到了那条拴住风车的绳子。他爬了过去。他想解开绳子,但那是一个强劲的疙瘩,他根本无力解开。

小七子有一个全稻香渡人都为之吃惊的膀胱,他只要贮足了尿,仿佛能尿成一条河。他的心思、情绪、情感,常常是以撒尿来表现的,他的恶劣品行也是通过撒尿来显示的。不管在什么地方做完一件事,他都要撒一泡尿。不仅多,而且有力。当他发现细米已经爬出他的射击范围时,便望着天空,鼓起腮帮子,挺起腹部,这时,他的尿显得十分强劲,射得很远,直射到细米的头上。

"你吃了她的,你肯定吃了⋯⋯"小七子在车顶上兴奋地、大声地说着。

细米在脸上抹了一把尿液,使劲解那个绳疙瘩,直到将手指头弄出血来,也未能将它解开。已近绝望时,他看见了翘翘——翘翘嘴里叼了一把柴刀,正摇摇晃晃地朝他走来。

那柴刀是看车人放在小草棚里的,是在风车失控却又无法落下车篷时用来砍断绳索的。

翘翘走得非常艰难,几次跌倒,又几次爬起。它像一条刚出生的还未学会走路的小狗。它在喉咙里呜咽着。

细米哭了,朝它爬过去。

小七子的尿不依不饶地追射着他。

细米终于拿到了柴刀。他将刀高高挥起,朝那根粗绳砍去。

绳子因绷得太紧,当被细米用柴刀齐刷刷地砍断之后,像鞭子一样向空中抽去,发出"叭"的一声脆响。风车"咔嚓"响了一下,颤抖了一下,旋即如脱缰的野马旋转起来。

小七子尖叫了一声,差点从车顶上摔下来。他立即在车顶上趴下,双手紧紧抱住车顶上的横杆,像一条虫子一样伏在横杆上。天旋地转,他闭紧了双眼,大声叫喊着:"杜子渐、杜细米、稻香渡所有的人，你们一个个不得好死！……"

风大起来，歇足了劲的野风车，在冬季的旷野上显出了十足的野性。

"救救我！救救我！……"小七子终于在车顶上哭泣起来。

湿淋淋的细米哭着，抱起血淋淋的翘翘，摇摇晃晃，头也不回地再次往家走去……

第七章　小辫长,小辫短

1

梅纹其实并没有走出悲伤——她也许永远走不出那份悲伤了。

她本就容易伤感,现在则更容易伤感。风雨天,一只过路的鸽子被打湿了翅膀,掉在了荷塘里,被细米捞上来后,她固执地要了去,然后用一条干爽柔软的毛巾包上它,将它羽毛上的雨水吸干。那只鸽子怯生生地望着她,浑身哆嗦。她安慰它:"天很快就会好起来,天一好起来,我就放你走。"一连下了好几天雨,她就一天一天地将它挽留在她的屋里,给食喂水,精心地伺候着。等天好起来时,她却舍不得放它走了。后来,终于下决心让它走了,她就总是不放心:它要飞向哪儿呢?哪儿才是它的家呢?看云飞,伤心;见落叶,伤心;夜间听到村里一个初生婴儿的啼哭声远远传来,也伤心。

郁容晚频频来到稻香渡中学。但他的口琴声似乎已失去了往日在苏州河的护栏旁与稻香渡中学的荷塘边吹响时的魅力。琴声响起时,不能再像往日那样丝丝缕缕地进入她的耳朵,进入她的心灵,而仿佛是在遥远的地方响着,并且是在大风天里吹响的,当传到她的耳朵时,已经被大风吹得几乎不剩下什么了。她只顾一味沉浸在让她消沉的悲哀与无法了结的思念中。

那曾经给她慰藉的琴声,就这样无谓地飘走了,飘到了无边的黑暗里。

她回苏州本来就耽误了学生许多课,回来之后,又一直恍恍惚惚,到期中考试时,她负责的这个班成绩考得很差。

这里的学校考试,分两种,一种是各个学校自考,叫"小考"。还有一种是分片考,叫"大考"。所谓分片考,就是一片地区里十几所甚至几十所学校统一考。梅纹的班在片考中,排名倒数第二。

晚上熄灯后,细米听见爸爸和妈妈在很长时间里都在说考试的事——

妈妈担忧地问:"上头,不会不让纹纹做教师了吧?"

"难说。"

"不就是考试考砸了吗?"

"她的这份工作本就是勉强争得的。有不少人盯着这个位子呢。"

"下回考好了,不就得了。"

"也不是你说了算。"

"那谁说了算?"

"也不是我说了算,是上头说了算。"

"那你赶紧与上头说说。"

"你怎么知道我就没有跟上头说?"

"上头怎么说?"

"上头怎么说? 上头什么也不说。"

"不说就是没有事。"

"不说,才有事呢。"

"这么说,纹纹的教师真的就做不成了?"

"谁说就肯定做不成了?"

"那到底是做得成还是做不成?"

"我不知道。"

"要是真的做不成,怎办?"

……

"反正不能让她下地干活。让她这样的孩子下地干活,也想得出来!也不知是谁的馊主意,叫这些孩子到这里受罪来!……"

"你能不能不要胡说?"

"我怎胡说了?"

"你还不是胡说?"

"说到大天亮,就是不能让纹纹下地干活,我养着她,一辈子养着她……"妈妈竟然在床上低声哭泣起来。

爸爸有点心烦:"这大半夜里,你哭什么。不是还做着吗?"

"那你得说个准话。"

"这准话是我说得了的吗?"

"你明天跑上头说去!"

"要你提醒!"

妈妈慢慢平静下来。

爸爸翻了一个身,叹息道:"下回可不能再考砸了。"

细米怎么也睡不着,他被沉重的心思压着,呼吸都有点困难,索性起来,轻轻地开了门,走到院子里。

翘翘连忙跑了过来,在他的脚下绕来绕去。它在细米的精心照料下，居然活了下来，这也真是一个奇迹。妈妈说狗有九条命。从此，翘翘与细米比以往任何时候都更加的亲热。

细米走到矮矮的院墙下，朝白栅栏那边望着——梅纹房间的灯已经熄灭。他觉得她肯定还没有睡着，躺在床上，在想心思。他想，自己如果是个大人就好了，是个大人，就可以安慰她，帮助她。哪怕是一个女孩子也好，是个女孩就能陪伴着她，跟她说悄悄话——红藕她们和她就有说不完的悄悄话，在教室里说，在路上说，甚至上厕所都说。

初春的夜晚，凉意深重。

2

五月，又将举行数学单科片考。

梅纹仍时常被感伤所纠缠，而无法集中注意力用于她所负责的班级。她在努力，企图从那种一旦伤感起来就不能自拔的状态中挣扎出来，但总是无法彻底阻止思绪的飘忽。她会不由自主地忘掉一切而沉沦在对父母的追忆以及由这种追忆而造成的温暖与悲凉之中。她能彻夜不眠地去想她的苏州小城、那座与父母朝夕相处的小楼。刚刚红润了一点的面色，会随着这种难以终了的思念而转成苍白与疲倦。其间，他人的关爱、呵护与爱抚，会使她一度走出痛苦的思念，那时，她的面色又渐渐转为红润。然而，不久就会因为一件小小的事情的触发，而再度落入那番情景。这一在内心深处暗藏着的疼处，往往是一触即发。

而与这种悲哀的对抗，使她变得更加心力交瘁。

她经常无神地站在讲台上，此时，她眼前的孩子们变得模糊起来,直到视野间一片空白。她的身体一直较为虚弱,而一个老师,尤其是一个管理难以安分守己的初中生的老师,却需要有一番很好的精力。身与心的疲倦,使她放弃了对许多事情的认真。她的这个班,失去了张力,显得松松垮垮。

随着又一次片考的来临,她不时地会有一种紧张,甚至会有恐惧。然而,她却又无法进入井然有序、分秒必争的临战状态。从细米的妈妈到杜子渐、到稻香渡的全体老师,都在为她着急。

下星期二上午,片考就要进行。

细米的心头生长出一个念头,这个念头使他的眼中流露出焦灼与诡秘。因为心里头有心思,他言语少了,并常独自呆在一处。在草垛的背后,在林子的深处,在一切无人的地方,他悄然无声地想着。那个念头使他紧张、兴奋,并伴有一阵阵的战栗。那时,他会东张西望,仿佛觉得有人在暗中看出了他的念头。

一句话:他要盗卷。

念头最终明确并坚定起来,他开始时不时地瞟一眼父亲别在裤带上的那串钥匙。

父亲既是稻香渡中学的校长,也是这一片地区的学校的片长。每次片考,都由他组织老师出考卷,并由他负责保管考卷。在开考的那天,各学校的老师被打乱重新编排,然后各自从他这里领了考卷,到指定的学校,在统一的时间,向学生发放考卷并负责监考。这是个严肃而紧张的日子,整个事情充满保密色彩。许多年来,杜子渐就一直担任片长。他十分在意这一地区的老师们对他的这份至高无上的信任,事情做得非常仔细与严密,从未出过差错。在他行使片长的权力与义务时,他就不再是稻香渡中学的校长。

细米知道,此时考卷正安静地躺在父亲办公室里那个上了锁的铁柜里。

父亲走动着,那串钥匙在他的腰间闪烁着,并发出诱人的声响。

在考卷尚未发出之前的这段时间,这串钥匙会一天二十四小时跟随父亲,稻香渡中学的任何一个人都不可能有机会接触到它们。

它们锁着秘密、荣誉与羞愧。

细米的心里、目光里,就只剩下了这串钥匙。他不管想什么,看什么,这串钥匙都会"丁当"作响地挤走一切,结果是想什么都是钥匙,看什么也都是钥匙。

细米不知道他怎么样才能取到这串钥匙。

翘翘似乎知道细米的心思,它也经常歪起脑袋来看杜子渐腰间的这串钥匙。

杜子渐每天中午都要有一觉,雷打不动。这对于细米来说,是一个绝好的机会。

刚吃完午饭,杜子渐的神色就开始疲倦。他先是打哈欠,紧接着就开始用双手搓脸。他企图让自己再挺一小会儿,但无济于事。困倦袭来时,只有上床才是惟一的办法。他本来是想与饭后的老师们聊天的,但终于坚持不住了,含含糊糊地说:"不行,我得睡一会儿。"

细米盼的就是这一刻。

杜子渐进了房间,将门虚掩了一下,倒头便睡。

细米在那间小屋里心不在焉地雕刻着一件新的作品,他的注意力完全不在刀上。他在听着父亲房间里的动静,他一定要拿到那串钥匙,但吃不准究竟何时下手合适。刀子在坚硬的木头上滑动了一下,差点划破他的手,木料上留下了一道多余的刀痕。

父亲的房间传来鼾声。

妈妈去外婆家了,除了翘翘,没有第二双眼睛。

细米必须抓住这一机会。

父亲的鼾声由弱而强,抑扬顿挫,并富有节奏感。

细米轻轻放下手中的雕刻刀,蹑手蹑脚地走到父亲的房间门口。

老师们也都午睡了,学生还未上学,校园十分安静,只有梧桐树顶上有几只小鸟在鸣叫。

细米在父亲的房间门口听了听,却又转身离开了。他走出家门,往外面看了看,见校园里空无一人,才重返屋里。站在父亲房间门口,他的心速开始加快,小鼓一般"咚咚"乱敲。

鼾声、心鼓,交织在一起,装满了一屋子。

细米轻轻推着房门。

房门"吱呀"响了。

细米张大嘴巴喘息着,停了停,才又再度推门——推得极慢,推开一道只容得下翘翘进出的门缝,就仿佛用了人一辈子的光阴。

透过门缝,细米看到了父亲正脸朝里侧卧着,他的裤子晾在床头的栏杆上。

翘翘一直跟随着细米,不发一丝声响。

细米蹲下,抚摸着翘翘的脑袋,然后指了指在床头上晾着的父亲的裤子。

翘翘舔了舔细米的手背,带着细米的心愿与重托,从门缝里钻进父亲的房间。

细米趴在门缝上,密切注视着翘翘。

翘翘的走动如灰尘落在地面,毫无声响。它回头看了一眼细米,轻轻扇动了几下耳朵,然后慢慢地直立起身体,将两只前爪搭在床头上。

　　父亲的鼾声进入高潮,声势浩大。

　　翘翘被鼾声所震,显出几分胆怯,很长时间只是将前爪搭在床头,不敢轻举妄动。

　　细米朝翘翘使了使眼神,希望它能早点下嘴。

　　翘翘终于用嘴叼住了裤子。它小心翼翼地将裤子往下拽着,拽得极有耐心。此时的翘翘不像是一只狗,而更像是一个细心的人。

　　裤子慢慢往下滑落。

　　细米的心慢慢往下沉坠。

　　分量在裤腰上,当裤腰终于翻越过床头时,裤子一下跌落下来,裤带上别着的钥匙与地面相撞,发出"丁当"之声。

　　父亲的鼾声顿时停住了。

　　细米闭起双眼。

　　父亲无法从困倦中完全清醒过来,他吃力地半睁着眼睛,望着翘翘。

　　翘翘到底是一条狗,它忽略了父亲的目光,用嘴叼着裤子,往门口拖去。

　　父亲看着,模模糊糊之中,觉得有趣。眼见着裤子在地上渐渐远去,他翻身到床边,一伸胳膊,将裤子抓住了:"死狗,你要干什么?"他将裤子重新晾到床头上。

　　翘翘摇着尾巴,望着晾回到床头上的裤子。

　　父亲没有精神理会翘翘,接着睡。

　　等鼾声再度响起,翘翘又开始重复先前的动作,而结果也与先前一样:裤腰翻越过床头时,整个裤子跌落在地,钥匙发出"丁当"一声。

父亲再次醒来，眯眼看着翘翘的把戏。当裤子就要拖出他的手够不着的地方时，他又一伸胳膊，将裤子抓住了。

翘翘很可笑，居然咬着裤管不撒口。

父亲猛一拉，将裤子拉到床上，随即大喊一声："细米！"

细米浑身一激灵："哎。"

"将狗唤出去！"

细米无奈，只好朝翘翘招了招手，让它出来。

翘翘不干，摇着尾巴，两眼还直勾勾地盯着那条裤子。

"听见没有，将狗弄出去！"

细米只好推开房门，将翘翘拖出了父亲的房间。

细米和翘翘往门外走时，就听父亲在嘀咕："死狗，怎么对我的裤子有这么大兴趣！"

第二天是个星期天，细米又有了一个绝好的机会：父亲将长裤脱下，放在荷塘边的草地上，只穿一条短裤，下荷塘盘藕头去了。

每年的这一时节，父亲都要隔几天下一次荷塘。那荷蔓在泥中四处乱窜，其头如钻，如能钻洞的鳗鱼脑袋，常往塘边的硬泥里钻，必须得有人下塘，在水中摸索到它们，然后轻轻拢住，将它们的头盘向荷塘中央。

细米十分清楚，父亲每下一回塘，都得有三四个小时的工夫。

父亲的裤子，被五月的阳光照耀着，那串钥匙正暴露在阳光下，闪闪烁烁。

细米装着在草丛里抓虫子，拿眼睛不时地瞟着那串钥匙。他想不出好主意来，很生自己的气。

天色变阴，看样子要下雨。

主意说来就来,细米连忙跑回家,拿了一把雨伞,直往荷塘边跑,一边跑一边撑开伞。他大大方方地来到父亲的裤子跟前,背对着父亲蹲了下来,将自己和父亲的裤子罩在伞下。

　　杜子渐问:"你拿伞干什么?"

　　细米一边摘裤带上的钥匙,一边说:"爸,天要下雨了,我用雨伞给你罩住裤子。"

　　村里一个农民正在荷塘边摸螺蛳,说:"杜校长,你家儿子孝顺啊。"

　　杜子渐直起腰来,笑了笑。

　　细米将钥匙揣进口袋,依然装出一副玩耍的样子,还哼唱着,慢慢离开了荷塘。估计走出了父亲的视野,立即跑向办公室。

　　办公室里没有一个老师。

　　细米对父亲门上的钥匙十分熟悉,一眼就认出门锁的钥匙。他终究有点慌乱,手哆哆嗦嗦,捅了好一阵,才将钥匙送进锁眼。门打开后,他回头看了一眼四周,将门轻轻关上。

　　翘翘就在办公室的大门口站着,两耳竖直,细心听着四周的动静。

　　细米只用了十五分钟,就将一张考卷揣进怀里。他重新锁上柜子,打开门,再探头看看动静,溜出门来,将门重新锁好,然后与狗一起,往荷塘边走来。他必须趁早将钥匙重新别回父亲的裤带上。

　　而出乎细米的意料,父亲今天没有在荷塘里作长时间的停留,已经上岸来了。还未等细米别回钥匙,他就抓起了伞下的裤子,往河边洗腿上的泥去了。

　　细米在裤兜里攥着那串钥匙,不知如何是好了。

　　杜子渐坐在河边上洗着腿上的泥,裤子团成一团,就放在他的身旁。

细米看到了那根光溜溜的皮带。

杜子渐穿上裤子,他在系皮带时,似乎觉得上面少了什么,稍微疑惑了一下,但并没有形成一个明确的意识,便走上岸来了。

细米在一旁,惴惴不安。

当杜子渐欲要走进院门时,下意识地一摸裤带,终于发觉钥匙已不在裤带上。他连忙又在裤带上摸了摸,并转身低头看了看脚底下,说:"我的钥匙呢?"

细米在裤兜里的手出汗了。他将手拿出来,放在鼻子底下闻了闻,有一股浓烈的金属臭味。

杜子渐连忙向河边走去,见没有钥匙,又向荷塘边走去,看到细米时,问:"看见我的钥匙没有?"

细米摇摇头。

杜子渐在刚才放裤子的草丛中寻找着。

细米连忙过来,做出一副帮着寻找钥匙的样子。

翘翘也在草丛里嗅来嗅去。

细米在父亲背对着他往前寻的那一刻,将钥匙悄悄地丢在了草丛中,然后继续做出寻找的样子,往一旁慢慢走去。

杜子渐又转身寻找过来,而这时,翘翘正巧看到了那串钥匙。它"汪汪"叫了两声,然后将钥匙叼起,朝杜子渐跑去……

3

细米找到了红藕,两个人在隐蔽处嘀咕了半天。

第二天,细米与红藕分头向班上的男生与女生暗中传递那份考卷上的内容，厕所内、竹林里、学校前的庄稼地里，到处都有诡秘的传递。全班同学，犹如蚂蚁，交头接耳，来来往往，在别人眼里，也不知道他们在干些什么。

细米与红藕向所有人都叮嘱同一句话："不要全做对了，随便错几题。"

然后是做题、互相对答案，只一个上午的工夫，全班同学都已掌握全部考题的正确计算以及正确答案，一个个兴奋不已。

考试那天，考场的情景令邻校的一位监考老师大为感动并大为吃惊：考卷刚一发定，还未等监考老师将考卷上的题念上一遍，下面就已开始动笔做题了，全班五十几个人，没有一个作思考的样子，更没有一个呈现出犹疑与畏难的神态，全都一副胸有成竹、稳操胜券的气派，只管拿了笔，埋下头，在考卷上一往无前，其情形犹如大水从天边而来，漫过一马平川，向前奔流不息。教室里，除了一片黑色的脑袋顶，就是一片笔尖在纸上滑行的"沙沙"声。这种场面与氛围，让人心动，甚至使人感到震撼。时间才过一半，"三鼻涕"朱金根，就搁下手中的笔，然后舒展双臂，痛快地打了一个哈欠，将考卷折上，向周围的同学看了看，拿了考卷起身朝讲台阔步走去，他的神态显得十分轻松而得意。

监考老师看了看手表，不免有点为朱金根担忧："不再仔细检查一遍？"

朱金根说："不用。"

朱金根走出教室，唱歌去了。

监考老师走到教室门口，说："那位同学，其他同学还正在考试，请保持安静。"

朱金根这才停止自己难听的歌声。

细米在心里狠狠骂了一句:"三鼻涕!"

差不多有一半的同学,已将考题做完。细米与红藕不停地向这些人使眼色,让他们按捺住自己,先别急着将考卷交上去。于是,这些做完了考题的同学,就只好克制着自己,暂且在座位上坐着。但,到底有那么几个沉不住气的东西,还是将考卷迫不及待地交了上去。没有交的,就坐不安稳了,抓耳挠腮,身子东摇西晃。

只有细米显出一副聚精会神的样子,并让人觉得,考题难度太大,他被卡在了那儿。

离规定时间还剩半个小时,开始了交卷的高峰,只见大家纷纷站起,向讲台走去。监考老师无法一下子接受那么多考卷,只好让大家排成一队。

细米、红藕,还有三两个同学,一直坚持着坐在座位上,尽管他们的考卷也早已做完。

细米最后一个交了考卷后,走出了教室。那时,全班的同学正一个个兴高采烈地在校园里撒野玩耍,谁都是一副得意非凡的样子。

朱金根见到了细米,连忙跑过来,激动地说:"细米,我……我全做对了!"

细米用眼睛瞪着他。

"真的,我全做对了!"

细米一把揪住朱金根的衣领,将他朝厕所旁的竹林里拖去。

"细米,你要干什么?你要干什么?"朱金根大惑不解地问着。

到了竹林里,细米问:"你刚才说什么?"

"我全做对了。"

"谁让你全做对了!"

"我自己让我全做对了。"

细米挥起拳头,照着朱金根的脸就是一拳。

朱金根向后倒去,压弯了几株竹子,随即又被竹子弹起,朝细米扑来。

细米又给了朱金根一拳。

朱金根的鼻子出血了,他用手背一擦,见手背上满是血,哭了:"你为什么打我?"

细米指着朱金根的鼻子,却说不出一句话来。

朱金根哭着:"我从来就没有一次考试全做对过,这一回好不容易全做对,你还打我!……"

"你是一头猪!"细米丢下朱金根走出了竹林。

朱金根哭着喊叫:"我为什么就不能全做对一次?!"

细米想掉头回去再给朱金根一拳,但放弃了。

"为什么?!"朱金根瘫坐在竹林里,冲着细米大声叫着。

"完了。"细米在心中说,对后面的事情不敢去想象。

两天后,在开始判稻香渡中学初二班考卷后不久,判卷老师就产生了疑问,等判了一半卷子时,便停下不判了。事情再清楚不过:考试作弊了。很快,杜子渐就知道了情况。他过来翻了翻考卷,当他一眼看到朱金根的考卷卷面干干净净、题题正确、竟然得了满分时,心中立即得出一个结论:考卷百分之百地泄密了。理由很简单:朱金根是初二班有名的差生,怎么可能得满分呢? 他说:"将这些卷子先封了吧。"

各学校各年级的考卷判分也都暂且停止。

杜子渐感到自己责任重大。从各环节上考察起来,事情只能出在他守护考卷期间。他仔细回想,却又想不起来他究竟在什么地方失职,也看不到一丝值得怀疑之处。从那天将考卷锁入铁柜，直到监考老师们领走考卷，门上、柜上的钥匙，一直未离他的腰间，那天在草丛中丢失钥匙，也只有很短的时间，并且无任何可疑的地方。他百思不得其解，只好对梅纹说："通知你班上同学，全体回到教室。"

梅纹已经知道了她的班的考试丑闻。她脸色苍白地望着自己的学生，眼中除了羞愧，便是深深的失望。她觉得无论从哪一个角度来衡量，自己已不配再做老师。她几乎觉得，她短暂的教师生涯，就要在这里画上句号了。

杜子渐走进教室，走上了讲台，望着下面的同学说："你们是可耻的！……"

全都低着头，只有朱金根一人抬着头，但眼神惊慌，犹如随时准备逃跑的小偷。

杜子渐一眼就看出，初二班的全体同学都很清楚这一秘密。他问："谁干的?!"

无人回答。

他大声问："谁干的?"

无人回答。

杜子渐又再度提高嗓门："谁干的?!"

一旁站着的梅纹心头一阵发紧，双手不禁哆嗦起米。

可怕的沉寂中，细米摇摇晃晃地站起来："是我……"

4

此后，梅纹一直担忧地注视着。

当细米站起来的那一刹那间，她便立即明白了他的全部动机。她的心顿时变得滚烫，同时在心里说着："你真傻呀！"

杜子渐走出教室后，并无任何动静。他看上去甚至都无生气的神态。中午吃饭，一家人如往常一样围住一桌，杜子渐与细米只一臂之遥，也都没有发作。但细米的妈妈与梅纹却一直将心悬得高高的。细米埋头吃饭，不时地拿眼睛瞟一下杜子渐，目光里掩藏着惶恐。杜子渐吃饱饭后开始喝汤，"哧溜哧溜"的声音，都使人感到惶惶不安。

后来的整整一个下午，也平安无事。

然而，越是这样，梅纹就越感到事情的可怕。她的视野里，一直有着细米。她必须不远不近地跟着他。一个一直需要别人保护的人，这时转而成为保护别人的人。这种转换，就是在细米站起来的那一刻，轻而易举地完成的。自打从苏州城回到稻香渡之后，她的身体一直很虚弱，然而现在她却由于神经紧绷而显得精力旺盛——她必须使自己精神起来。

放学了，校园渐渐安静下来。

杜子渐一直在家中的藤椅上闷声不响地坐着，夕阳从西窗照进屋里，照在他冷冰冰的脸上。

细米走进院子。

梅纹跟着也走进院子。她看到细米正朝屋里走去，想阻止他，但迟疑了一下，细米已经走进了屋子。她也朝屋里走去。当她就要走进门口时，杜子渐在门口出现了，并迅捷将门"哐当"关上了。她叫了一声："校长！"然后呆呆地望着紧闭的门。

屋里没有一丝动静。

梅纹用手拍着门，但没有任何效果，仿佛屋中无人。她掉头跑向院门外，大声叫着："师娘！师娘！"

细米的妈妈正挎着一篮菜从菜园里回来。

梅纹慌慌张张地说："校长在打细米……"

细米的妈妈连忙往家跑，一边跑一边说："打死了好，打死了好……"跑进院子后,她冲着紧闭的屋门,大声说,"打吧,你打吧,打死他算了!……"

又是一阵沉默之后,细米突然发出一声尖利的叫声。

梅纹用双手拍打着门:"校长,校长……"眼泪"哗哗"流淌下来。

杜子渐抓着皮带,平时的那份斯文荡然无存。他完全处在愤怒与疯狂的状态,样子十分凶狠。因为屋门紧闭,屋里光线黑暗,他的双眼被凶焰所燃,显得森然可怕。

细米的身上已经挨了一皮带,此时,后背正火辣辣地疼痛。他躲在墙角边,瑟瑟发抖地望着父亲。

杜子渐走了过来,又高高挥起了皮带。

细米惊恐地看着空中的皮带。

杜子渐将皮带狠狠地抽了下来。

细米觉得胳膊上的肉好像被抽开了,"哎哟"一声尖叫,瘫在了墙角边。

梅纹猛劲拍门:"校长! 校长!"转而又哭着叫唤,"细米! 细米……"

细米轻声呻吟着。

妈妈冲着门叫着:"打得好! 打得好! ……"手却不住地抹着眼泪。

红藕来找细米,知道细米正被杜子渐关在屋里殴打,转身跑向办公室,打老远就叫:"你们快来呀,我姑父要把细米打死啦! ……"

老师们听到消息,立即往细米家院子里跑来。

不一会儿,院子里就站满了人。他们纷纷向屋里的杜子渐喊叫,望杜子渐能手下留情,且饶了细米这一回。

杜子渐一句也听不进,只管沉浸在暴打儿子的莫大快意之中。儿子玷污了他一世的清白与正派,给他带来了洗不尽的羞耻。他只有一个欲望:痛打! 这一欲望如火落一堆干柴,在他胸中"劈劈啪啪"地燃烧。他挥着那条曾丢失了钥匙的皮带,毫不留情地抽打着。儿子凄厉的叫唤声,非但没有激起他一丝一毫的怜悯,反而如火上浇油,更刺激起他鞭挞的欲望。黑暗中已经挥汗如雨的他,已完全不能把握自己。此时,稻香渡的师生与稻香渡的乡民若看到杜子渐的形象,绝不会相信这就是他们平常所见到的杜子渐。

细米的身上,已经伤痕累累。他的叫唤声、呻吟声,没有随着父亲鞭挞力度的增大而增大,却在渐渐减弱。他不再躲避父亲的皮带,只是蜷在墙角上,用双手抱住脑袋。

院子里,人们的呼喊声越来越高。

梅纹、红藕、细米的妈妈不住地拍打着门。

冯醒城用双手做了一个让大家安静的手势之后,对着屋里说:"杜校长,杜校长,你听到了吗? 你听我说,我们大家都在求你,请你放下手中的皮带! 细米错了,好,就算他是犯罪了,但你想过没有,他毕竟是个孩子。这孩子到底怎么样,我们大家心中都清楚。这是一个好孩子,一个讨人喜欢的好孩子,我敢说,稻香渡的男女老少,没有一个不喜欢你的儿子的! ……"

"我的儿子? 这是我的儿子吗?"杜子渐在心中反问,怒火越发地不可遏制,挥起皮带,又是猛然一抽。

细米的叫唤声虽然不高,但却撕心裂肺。

冯醒城继续深情地叫着:"杜校长,杜校长……"见杜子渐毫无反应,他顿改容颜,向后退了几步,举起双拳,咬牙切齿地大声喊道:"杜子渐,你听着! 我要到上头告你! 你对我的学生施行暴力! ……"

"暴力? 暴力就暴力!"杜子渐将皮带又抽下了。

梅纹"扑通"跪在门槛上，将双手按在门上，眼泪滚滚而下："校长，我是梅纹，我跪在这里求你。细米他是为了我——一切罪过都是我的，我现在就向您辞职，从明天起，我就不再做教师了。我求您了，求您饶了他，饶了他，饶了他……"

红藕哭了，很多人哭了。

杜子渐扔掉了手中的皮带，疲倦地瘫坐在藤椅上，黑暗中，他的双眼也闪着泪光……

5

第二天早晨，学生们都来上学了，还未见梅纹过来吃早饭，细米的妈妈觉得奇怪，就去敲梅纹的房门，这时，她看到了门已上了锁。她就往办公室去问林秀穗他们见到梅纹老师没有。

都说没有见到。

林秀穗他们也觉得奇怪，就在校园里找开了。到处都没有梅纹的踪影。她班上的学生说以往这个时候，梅老师已经到教室看他们早读了，而今天却一直没有见到她。

细米的妈妈就往校园外走，她要问一问村里人有没有看见梅纹。在桥头，她遇到了毛胡子队长，问："见到我们纹纹了吗？"

毛胡子队长说："见到了。"

"她人在哪儿？"

"你不知道她去了哪呀？"

"不知道。"

"她说她不再做老师了，还要回地里干活。今天一大早，就拿了工具站在村头。上头说，要在二十里外的金家港挖一条大河,分了我们村五十米长一段。村里组织了四十多个劳力,梅纹死活也要参加,两三个小时前随船往大河工地去了。我还以为你们知道这件事呢。"

细米的妈妈转身回来,把这消息告诉了杜子渐以及稻香渡中学的老师们。一时间,稻香渡中学就只有一个话题:梅纹走了,梅纹不再做老师了。

鼻青脸肿的细米,浑身疼痛地走到河边上坐了下来,呆呆地望着河水。

红藕走过来,陪着他坐在河边。

五月的河水色泽清明,倒映着两岸的杨柳、苦楝、风车与村庄。浅水滩上的芦苇已长得蓬蓬勃勃,刚刚抽出的芦花,嫩嫩地在风中摇曳。几只鸟在河的上空飞来飞去,一会在河那边的风车顶上唱,一会儿又在河这边的枝头唱。

红藕望着细米脸上、胳膊上微微隆起的伤痕,问:"疼吗?"

细米摇摇头。

红藕说:"我们去把她找回来吧。"

细米点点头。

"走着去还是摇船去?"

"往金家港是水路近。"

"那边有条小船,可你到处是伤,能摇船吗?"

"我能摇。"

"什么时候去?"

"现在就去。"

两人上了船。细米不怎么活动时,还不知道身上的伤有多重,一抱起橹来时,肌肉筋骨皆紧张起来,伤痕便针刺一般作痛,并且像要裂开一般,有一种被撕扯的痛。当他将橹安好,脸上身上早已冷汗淋漓。红藕解了缆绳,船便慢慢地离了岸。细米用橹慢慢调整着船的方向。

朱金根在岸边出现了,问:"细米、红藕,你们要去哪儿?"

红藕说:"我们去找梅老师。"

细米说:"你现在先别对我妈妈他们说,等他们找我们了,你再说。"

朱金根说:"我知道了。"

在稻香渡人毫不觉察的情况下,细米将船摇出了稻香渡,进入了通往金家港的宽阔水道。

河风拂拂,撩卷着细米的头发与衣服。

红藕抱膝坐在船头,望着茫茫的水面。有时,她会掉过头来看一眼细米。他的裤子与褂子都显得有点短——他好像又长高了。

下午四点钟左右,他们来到了金家港。拴好船,穿过两三里荒地,细米与红藕找到了大河工地。这里将挖一条十几里长的大河,人群如一条无首无尾的长龙,蜿蜒于漫漫的荒地。到处是工棚,到处是炊烟,到处是号子声。

他们在人群中穿梭着,打听着稻香渡所在的地段。等见到稻香渡的人,已近傍晚。

稻香渡的人很吃惊:"你们俩怎么来了?"

细米和红藕都不作声,只管在人群里找梅纹。

一个叫国民的年轻农民,挑着一担泥"吭哧吭哧"地走在细米的身旁:"细米,才多长一会儿,你就想啦?"

细米不答理他。

红藕掉头,狠狠蜇了国民一眼。

草凝、柳晓月等几个女知青也来参加挖大河,见了细米与红藕,便朝远处叫:"梅纹,你看谁来啦?"也都朝细米笑,不知是什么意思。

细米和红藕终于看到了梅纹,那时,她正吃力地挑着一担泥,混杂在担土的大军之中,苍白的脸被憋得有点发紫,头发被汗水所湿,乱槽槽地粘在面颊上,藏在乱发后面的双眼紧紧地盯着脚下的路——路已被洒落的烂泥搞得有点泥泞。听到喊声,她抬起头来,见到细米与红藕正向她走来,便愣住了。

红藕在前,细米跟着,来到梅纹的身边。

"你们怎么来了?"梅纹放下担子问。

他们都不作声。过了一会儿,红藕走过去,双手抱住梅纹的一只胳膊,不住地摇着,摇着摇着就哭了起来。

梅纹的眼睛看着细米,胳膊将红藕搂到身边:"你们来干什么? 你们来干什么?……"

红藕说:"跟我们回去吧。"

梅纹笑着:"尽说傻话,我已不再是老师了。"

"回去吧。"红藕依然摇着梅纹的胳膊。

梅纹低头望着红藕仰起的脸,说:"你们两个赶快回去。"

红藕说:"你不回去,我们也不回去。"

后来,细米和红藕离开了梅纹,就一动不动地坐在一块高高的土堆上,仿佛生了根长在了那里。

天渐黑,梅纹看细米与红藕时,已只能看见小小两团影子。细米和红藕看梅纹,看着看着,几个人影一晃,就不知道哪一个人影是她了,只知道人群里有一个是她。

下工的号声,相隔二三里地就有一处,"滴滴答答"地响起来,工地很像夜幕降临前休战的巨大战场。

梅纹走过来,然后将他们一起领入工棚中间一个最大的用来吃饭的工棚。工地上全是清一色的大人,现在有了两个孩子,众人都高兴,拿出碗筷和各自从家中带来的咸鸭蛋之类的东西,叫他们好好吃顿饭。饭后,又安排了他们睡觉的地方。国民端着碗,坏坏地问:"细米,你睡哪儿?"一个年岁大一点的农民说:"国民,别老胡逗一个孩子,细米跟我睡一个被窝。"

细米和红藕在工地上一住就是两天。

这时,有人便劝梅纹:"梅姑娘,你就跟两个孩子回去吧。看样子,你不回去,他们是肯定不回去了。"

细米和红藕也帮不上梅纹的忙,就天天那么坐在高高的土堆上,样子一点也不着急。

挖河是所有农活里头最沉重的活,梅纹的身体又一直十分虚弱,一天下来,就跟滚刀山似的难熬。但她还是咬紧牙关坚持着。才两天时间,河就有了形状与深度,再挑担,已有了坡度,因此更加吃力。这天,梅纹挑着两块火油桶大小的泥块,摇摇晃晃地爬坡时,一脚踩在油滑的烂泥上,摔倒了,连人带担子往下滚去,脸碰到了一角碎砖,被人扶起来时,面颊上已沁出鲜红的血。

细米和红藕从高地飞跑过来。

梅纹朝他们笑了笑:"没事。"

细米和红藕就不再坐到土堆上去了,他们在梅纹挑担爬坡时,一前一后地帮扶着她,一个拉着前筐的绳子,一个提着后筐的绳子。梅纹不住地小声说:"快松开,快松开,这样不好看,让人家看见了笑话。"细米和红藕这才松了手,依然坐到高地上去。

晚上,红藕在梅纹换衣服时,看到她的肩头都被扁担磨破了,血已将衣服染红。

这一天,稻香渡来了一大帮人,有细米的妈妈,有杜子渐,有林秀穗等几个老师还有十几个男女学生,毛胡子队长也来了。

那时,梅纹正挑着泥担在很艰难地爬坡。

细米的妈妈连忙过来,心疼得不知怎么好了,用手给梅纹将汗湿的头发往上划拉了几下。

梅纹见了细米的妈妈,叫了一声"师娘"。

细米的妈妈要从梅纹的肩上接过担子,梅纹不肯:"我能挑。"但没有拗得过细米的妈妈,还是将担子交了出去。

女同学纷纷跑过来,将梅纹团团围住。

细米的妈妈倒了土,将担子搁在一旁,也不问梅纹一声,就进工棚给她收拾行李。

林秀穗等几个女老师也走过来,或叫一声"梅纹"或叫一声"梅老师",也并不多说什么。冯醒城等几个男老师跟着走过来,与梅纹点头打招呼,然后就站在一旁看人们挖河,说:"这是一条好长的河。"

毛胡子队长说:"梅纹,你这就跟杜校长他们回去。"

"我不!"

"什么不?!"毛胡子队长说,"回去,好好教书!"

女孩子们七嘴八舌:"梅老师回去吧,梅老师回去吧……"

细米的妈妈用肩扛着、用手提着梅纹的一套行李,走了过来:"别犟了,回去!"

草凝她们也走过来,摇着梅纹的肩:"走吧……"也都眼泪汪汪的。

杜子渐走过来,人们闪开了一条道。

为考卷泄密的事,他已向上面交了一份检讨,并向这个片的所有老师表示了深深的歉意。

杜子渐一直走到了梅纹的面前,说:"快回去吧,林老师已代你上了好几回课了。"

梅纹忽然克制不住地大哭起来……

第八章　我家姐姐是花一朵

1

　　稻香渡的深夜,是真正的深夜。四周都是田野、河流,有风时只有风声,无风时就几乎什么声音也没有了,只有默默的树、默默的水、默默的芦苇、风车、木船、仓房与村庄。

　　又恢复到从前的样子:每天深夜,就会有一盏小马灯穿过稻香渡中学的校园,然后在田野上晃动着,一路走向通往村子的大桥桥头。然后,那盏马灯就挂在桥头的一棵树上。

　　细米靠着树干坐下,他知道,过不多一会儿,梅纹就会在红藕或其他女孩的陪同下,从村子的某个同学的家中走出,往这边走来。翘翘就竖着耳朵蹲在他身边。有送的,有接的,虽然没有谁去仔细安排过,但却是一份没有任何疏漏的默契。

　　这段时间,梅纹只有一个念头:让班上所有孩子的成绩都撑上去。她甚至暂时忘记了细米的雕刻。她自己的课,用心自不必说,其他老师在她班上上课时,只要当时她没有别的安排,就会坐在教室的后面,一面批改作业,一面监督着听课的孩子。任何一个环节,她都不放过。一个标点,一个演算的过程,她都要认真,显得有点斤斤计较。那些孩子倒也配合。他们都很喜欢梅纹,生怕因为自己的学习连累了她,使她不能再做他们的老师。

晚上,从这条巷子走到那条巷子,出入于这家那家,或是听这个孩子背诵课文,或是看那个孩子演算数学题。不知不觉地,夜就深了,她才忽地一惊,想起了桥头树下的细米与翘翘还在等她,这才朝大桥走去。

灯光杏仁大小,金黄色。灯晃动时,就会把梅纹与细米、翘翘的身影一下一下地拉长,映在路上,映在庄稼地里,映在树林里。

期末片考,梅纹的班一下子跑到了前五名。

初中三年的第一学期即将结束时,梅纹的班的片考成绩居然攀升到第二名。杜子渐高兴,细米的妈妈高兴,稻香渡中学的老师们都高兴。梅纹的身体也完全恢复了健康,心情也好,脸色红润,过去眼睛里那份无时无刻不在的忧伤,让人觉得只是隐约还在,流动在眸子里与眉宇间的却是一番快乐。寒假里,她除了与细米泡在那间小屋里,其他时间便是看看书、与细米的妈妈一起干点家务活,早晨总要睡到九十点钟,才懒洋洋地起床。一个寒假过去,居然长胖了。有时她会觉得胸脯绷得有点发紧,就会有淡淡的红晕飘过面颊,并会下意识地低下头去。吃饭时,当细米的妈妈一个劲地往她碗里夹菜时,她会说:"师娘,我已经胖了。"细米的妈妈说:"胖一点儿更好看。"

春天到了,天气说暖和就一下子暖和了起来。当梅纹脱掉了棉衣而只穿一件毛衣时,便显得格外的青春与健康。当她在暖烘烘的太阳下与女孩子们玩完跳绳或跳格子什么的而走进课堂时,孩子们看到的是一张白里透红的、秀气的鼻梁上沁着细细的汗珠的面孔。她微微喘息着,毛衣下的胸脯起伏着,像阳光下被风所吹的一池春水在鼓动着。虽然是面对一群孩子,但她却不知为什么,总会突然地有一种羞涩。

女孩子男孩子们,在这阳光灿烂、万物生长的季节,也都显出了青春如池畔草木一般的生命。课堂上,显得热气腾腾的,当阳光透过窗子照进屋里时,居然可以看到,从他们身上散发出来的带着汗味的气息,像淡蓝色的轻烟在飘动。一下了课,他们就都拥出教室,拥入融融春光,打闹着,呼叫着,校园全然不像冬天时那么呆板与平静。

梅纹喜欢看到这季节的男孩儿与女孩儿,特别喜欢看到这季节的女孩儿。当她看到红藕只穿着袖子短短、裤管短短的红衣黑裤站在她面前时,她会情不自禁地将双手捂在红藕的两颊上,然后稍稍用力地挤压着,直到将红藕的嘴巴挤成一个像浮到水面上来吸气的圆圆的鱼的嘴巴,才慢慢地松开。她觉得稻香渡的女孩们都很好看,她们才十三四岁,那副身材就很有点样子了。可能是水的缘故,她们一个个都显得十分的水灵,头发黑,眼睛黑,唇红齿白。这里人家,喜欢给女孩穿短短的、紧紧的上衣,而裤子却肥肥大大的,将她们的身材稍微夸张地凸显出来。梅纹看着她们一个一个地或三五成群地从她面前走过,心里真是欢喜得不得了,百看不厌。

而那些女孩儿呢,却又都喜欢看梅纹。她们在私下里悄悄说:"我长大,有梅老师那么好看,就好了。"她们觉得梅纹长得无一处不好看。她们不仅喜欢她的样子,还喜欢她的一举一动,觉得她走路好看,手势好看,笑得好看,声音也好听。她们喜欢与她呆在一起,经常将她团团围住。一旁的男生们会不时地听到她们的笑声，却不知她们究竟在笑些什么，只觉得很奇怪。

梅纹几乎忘了她是一个苏州的女孩儿。

2

天气一天暖似一天，毛衣也穿不住了，到了穿单衣单裤都觉得动不动身上就汗津津的日子。

麦子乌绿乌绿的，一根根麦穗，都很坚韧地竖着，麦芒如针，反射着阳光。水边、田埂上，到处开着各种颜色的花。牛膝、紫花地丁、狗尾巴草、野萝卜、紫云英、槐树、柳树、泡桐树，所有的草木都在暖暖的空气里奋力地生长着。

这天下午，最后两节课是体育课。说是体育课，实际上是由孩子们自己玩闹去。男孩们打篮球，女孩们则和梅纹在一块空地上玩跳绳，一根根长长的绳子，由两个女孩用力地摇着，其余的，在梅纹的指挥与带领下，跳来跳去，花样变化无穷。梅纹今天有点跳疯了，散落下来的头发被汗水粘在额上，汗水透过衣服洇了出来。孩子们喜欢让她这样，跳到后来，她们都不跳了，全都闪在一旁看着，就见她独自一人在绳上绳下轻盈地跳着。绳子与地面摩擦，将灰尘激起，仿佛她的脚下是飘动的轻烟。梅纹有时会向红藕她们招招手，让她们一起跳。她们不跳，她们想看她一人跳。有时红藕会跳进去，与她一唱一和地对跳一会儿，可是跳不一会儿，身子轻轻一闪，就又出来了，然后和其他女孩们一起，依然看梅纹独跳。她们有节奏地为她鼓掌，她受了鼓励，跳得又高又飘，像颗在五线谱上跳动的音符。

她终于跳不动了，用脚踩住了绳子，望着女孩们，用手在胸脯上轻轻拍打着。

　　这边跳绳结束了,那边的男孩们都还在打球。细米将一球投进篮里,忽然想起今天是他值日,就是负责将作业簿收齐送到梅纹的屋里。他跑到池塘边洗了洗手,在裤子上胡乱地擦了擦,就跑回教室。

　　讲台上,乱糟糟地扔了一大堆作业簿,还有几本掉到了地上。细米将作业簿一本一本地整齐地摞成一摞,然后用双手抱起来走向梅纹的房间。由于摞得太高,即使细米慢慢地走,作业簿也仍然在晃动着。细米便低下头去,用下巴紧紧地压住它们,两眼瞪得溜圆,继续往前走。

　　林秀穗见了:"细米,你不能分两次交吗?"

　　细米无法转动脑袋,只是将眼珠转到眼角上,看了一眼林秀穗,嘴里含糊不清地说:"不能。"

　　林秀穗看他直着腰、挺着肚子很艰难地往前走去,联想起一个孕妇走路的样子来,不禁笑了起来。

　　细米来到了梅纹的房间门口,门关着。他无法抽出手来敲门,只好用脚尖轻轻地踢了踢门,见没有动静,心想梅纹可能还和红藕她们呆在什么地方,便侧过身子,稍稍用了点力气,用肩头朝门撞去,门一下就被撞开了,一片亮光顿时照进屋里,而就在这时,细米听到了梅纹的一声尖叫。等他的眼睛适应了屋里的光线时,他所看到的情景,立即使他呆若木鸡——

　　梅纹在洗澡,此时,正赤身裸体地站在一只大木盆里。

　　大概是门插虚了。

　　离木盆不远处的木椅上,松松软软地放着她的衣服。在细米撞入屋里来之前,她大概正在从放在盆架上的水盆里往身上撩着清水,此时,许多亮晶晶的像晨露一般的水珠,正从她的身上往下滚动,滴进盆里的水中,发出清脆的水声,仿佛雨后的荷叶上积蓄了一些雨水,轻风一吹,荷叶翻卷起来,那水便流成一串水珠,滴进了池塘,声音安静而悠长。

从天窗里正照进的一束柔和的亮光,犹如无声的瀑布,薄纱般倾泻在她的身体之上。

她的身体微微发颤地站在大木盆中,一条腿直立着,而另一条腿的膝盖微微弯曲着。她的身体微微侧了过去,一只手抓着一块还在不住地滴水的菊花黄色的毛巾放在腹下,另一支胳膊横着护着胸前,手被那支下垂的胳膊紧紧地压在了腋下。

她双眼充满了惊恐与无底的羞赧。

十四岁的细米完全呆掉了,双眼起了薄雾,眼前一片迷离恍惚。他像一个傻子一样,面对着盆中的梅纹,竟一动不动地站在那儿。

他的下巴还在紧紧地压住那一大摞作业簿,在梅纹的感觉里,他的一双本来就很大的眼睛现在更大了,眼珠儿也更黑了。

他听到了梅纹的声音:"你出去啊……"他觉得那声音是从遥远的地方传来的,穿过茫茫的玉米地,又飘过一条条的大河,才颤颤抖抖地传到了他的耳朵里。

"你快走啊……"

细米仿佛被巨雷击中了,失去了知觉,竟然无法指挥自己的双腿。

"你快走啊,你怎么不走啊……"

她像一个站在小船上的孤立无援的女孩儿,正漂泊在无边无际的大水之上,声音里含着让人怜悯的乞求。

万丈深渊一般的静寂,笼罩着这个让细米永生难忘的下午。

仿佛一切都已死亡,世界万物皆成了石头,永远地停滞在了时间里——时间也已被冻结了。

细米又一次听到了梅纹的声音——微弱但似乎带了哭腔的声音:"你走啊,走啊……"

细米如梦初醒,双手抱着的作业本,"哗啦啦"倒下,犹如一座房屋在狂风暴雨中顿时坍塌,无数的瓦片正倾泻而下。

那条菊黄色的毛巾,在继续往盆中滴着悠长的水珠。

细米喘息着,掉头冲出门外,然后像一个被无数人追赶的逃犯,朝远处发疯似的跑去。

红藕看到了他,大声叫:"细米,你去哪儿?"

他好像听到了红藕的叫声,又好像没有听到。他跑呀,跑呀,向没有人群的地方跑,向荒芜的地方跑,眼前的世界如在一片迷茫的浓雾里……

3

天,渐渐黑下来。

细米的妈妈 边打扫着院子,一边在嘴里嘀咕着:"这个死孩子,又不知到什么地方玩去了!"但细米迟迟不归的事,早已成为家常便饭,所以细米的妈妈也就没有太往心上去,依然忙她的活儿。

梅纹一直在默不作声地帮细米的妈妈干活,见天越来越黑,心里也愈加感到惴惴不安。说是在干活,但却是心不在焉。院子已经被细米的妈妈仔细扫过一遍了,她却又拿了扫帚去扫。细米的妈妈说:"地已扫过了。"她也未听见。细米的妈妈提高了声音说:"地已扫过了。"她一惊,等终于明白了细米的妈妈在说什么之后，她低着头，看着干干净净的地，声音低低地说："原来扫过了。"她放下扫帚，又去帮着细米的妈妈去摘晾在绳子上的衣服。等怀里抱了一堆衣服，她便向一只大柳篮子走去。她要把衣服放在篮子里，但走着走着，却走向了一只盛了水的木盆——她忘了这是一抱干净的衣服，而将它们当成了一堆脏衣服，她要把这抱衣服放进水盆里。差不多每天早晨，她都要帮细米的妈妈干洗衣的活，一家人的衣服，由她搜罗来，然后用水泡上，再由细米的妈妈一件一件地洗净，最后她帮细米的妈妈一起将它们晾到一根长长的绳子上。细米的妈妈见梅纹抱着衣服不向柳篮子走却向木盆走，感到奇怪，还未等她喊出声来，梅纹已将一抱衣服放进了水盆。细米的妈妈"扑哧"一声笑了："你把衣服放在哪儿啦？"梅纹低头一看，一吐舌头，像一个犯了错误的孩子站在那儿，动也不敢动了。

天完全地黑下来。

杜子渐回来了，问："细米呢？"

细米的妈妈说："谁知道他在哪儿玩呢？这孩子玩不死！"

该吃晚饭了，细米的妈妈摆好饭菜，说："不等他，让他玩去！"

梅纹没有心思吃饭，坐在桌前，不时地瞥一眼门口。

吃完晚饭收拾完碗筷，细米的妈妈终于沉不住气了，就走出院门，大声地呼唤起来："细米——！"并走出校门，走向后边的村子。

梅纹与翘翘跟在后边。

路上遇到人，细米的妈妈就问："见到我们家细米了吗？"

都说没有见到。

细米的妈妈心里便有点焦急起来:"他人上哪儿去了呢?"便放开喉咙呼唤起来:"细米——!"

梅纹则在心中一遍一遍地呼唤着。

红藕听到呼唤声,从家中跑来了,说:"姑妈,我看见细米了,他往那儿跑了。"她指了指远处的田野说,"我问他去哪儿,他不回答我。"

于是,细米的妈妈转身往田野上呼唤着:"细米——!"

田野苍苍,空空寂寂。

杜子渐以及林秀穗他们也都走出校园,朝细米的妈妈她们走来,还有一些村里人,也赶来了。

"这孩子去哪儿了呢?"细米的妈妈开始担忧起来,"天这么晚了。他以往玩起来,也不知往家走,但一喊他,就会答应的。"

杜子渐问红藕:"你看见细米,大概是什么时候?"

红藕想了想说:"最后一节课刚下一会儿。"

一群人都站在夜色笼罩下的路上,见行人走过时,无论是熟人还是生人都要问一句:"你见到细米了吗?""路上,你见到过一个十三四岁的男孩吗?"

朱金根他们也都赶来了,杜子渐问谁谁都说细米离开篮球场后,他们就再也没有看到过他。

人们猜测着细米的去向,但任何的猜测都显得根据不足。

红藕和朱金根们在大人们议论时,有时会参与进来说一说他们的看法,有时转过身去,冲着田野大叫一声:"细米——!"

大人们商量的结果是分头去找。于是,三四个人一伙,有大人,有细米的同学,朝不同方向出发了,不一会儿,四面八方都响起了呼唤声:"细米——!"

梅纹紧紧抓住红藕的手,走在河岸上,走在田野上。红藕不住地喊着细米的名字,喊累了,她就由别人喊去。她对梅纹说:"细米今天往那边跑时,怪怪的,好像后头有人在追他,不像是跑到哪儿去玩,好像是逃跑的样子。"红藕觉得梅纹的手冰凉冰凉的。

夜深了,各路人马都回到了稻香渡中学,带回来的消息是一样的:没有找到细米,也没有打听到有什么人今天下午见到过细米。

细米的妈妈哭了起来。

梅纹走过来,抓住细米妈妈的手,说:"师娘,细米不会有事的,真的不会有事的……"她声音变得低低的,"我知道,不会有事的……"

红藕也哭了。

男人们都还沉得住气,说:"这孩子可能去了一个我们根本想不到的地方。这么大的孩子了,能有什么事? 什么事也不会有,说不定,过一会儿,他就突然地回来了。"

大人们商量了一阵,又开始了第二波寻找。这回,有去远处的——十几里外,有细米家几家亲戚。

凌晨三四点钟,各路人马又返回稻香渡中学,带回来的消息还是一样的:没有找到细米,也没打听到有什么人见到过细米。

这时,众人都疲乏至极,朱金根倒在草垛下就睡着了。杜子渐说:"谢谢诸位了,大伙先散了吧,等天亮后再说吧,我想是不会出什么事的。"

众人散去。

梅纹虽然精疲力竭,但却不肯离去,坚持着守候在细米妈妈的身旁。

"天不早了，去睡吧。他死不了的……死了倒也好。打他出世，就没有让人省心过，我和他爸把心都操碎了。你去睡会儿吧，去吧……"

梅纹离开细米家没有回她的房间，却独自一人走出了校园。

门外，翘翘冲着田野在呜咽着。

夜色苍茫，梅纹于凉飕飕的夜风中向前眺望，只见田野皆被黑暗所淹没，心中满是担忧、落寞与伤悲。凉风抚慰她的面颊，心头一酸，眼中便流出泪来：你人在哪儿呀？

她实在太累了，便在田埂上坐下了，她的前后左右都是麦田，麦子在风中挤挤擦擦，"沙沙"作响。她抬头望天空，一牙细月，正在西沉，许多往事，零零碎碎地在她的脑海中飘忽着，其中十有八九，都是关于细米的……

她的心头忽然一动，立即站起身来——她在回想那年细米带她去芦荡中的瞭望塔时，突然意识到了此刻细米身在何处。她几乎在心中断定：他一定在那儿。她朝远处的河边跑去，乡野土路，坑凹不平，她踉踉跄跄，几次差点摔倒。

她在河边上找到了一只小船，但见河水浩荡，不免有些胆怯。恰在这时，翘翘跑到了她的脚下。它立起身，用温乎乎的舌头舔了舔她冰凉的手后，先跳到了船上。她再也不用害怕了，上了船，便朝芦荡深处划去。

她依然记得那天去瞭望塔的弯弯曲曲的水道。

隐隐约约地看见瞭望塔了，她心头一阵激动，将船划得更快了一些。

还未等船靠岸，翘翘早已纵身一跃，从船头窜到了岸上。它似乎已经闻到了主人的气息，撇下梅纹，只顾穿过芦苇，向瞭望塔"呼哧呼哧"地跑去。

在瞭望塔最高处的台阶上,正坐着细米。

自从昨天下午从家中跑出,他穿过树林、桑地与高粱田,划船进入芦苇荡后,就一直藏在瞭望塔上。昨天下午,他就坐在那儿,现在,他还坐在那儿。就是那么坐着,两眼呆呆,心里空空,仿佛凝固在了那儿。

翘翘飞快来到他身边,见了他,又往他肩上爬,又往他怀里钻,又舔他的手,又舔他的面颊,摇头摆尾,嘴里哼哼唧唧。

细米一把将翘翘抱住,眼泪顿时汩汩而出。

他听到了她的脚步声,将头埋进翘翘茸茸的毛里。

梅纹走到他身边,轻声喘息着:"那么多人都在找你……"她在他身旁坐下,"回家吧。"

细米摇了摇头。

她将他的一只手抓过来,握着。那只手凉极了,并且在微微发颤。她又轻轻抚摸着他的头——头发经了一夜的露水,是潮湿的。她脱下薄薄的毛衣,披在他身上。

细米忽然"哇哇"大哭。

她一把将他搂到怀里,紧紧地抱着。

细米在她怀中呜咽着:"我不是小七子……"

"别说傻话了。"

"我不是小七子……"

"还说傻话。"她将他搂得更紧。

正是遍地油菜花黄的季节,夜风将沾有露水气息的油菜花的香气,从田野上吹来,在芦荡里又与菖蒲、芦花、青苔与水草的气息融和在一起,环绕、飘散在他们的四周。

她将脸浅浅地埋在他的头发里,她闻到了一股带着汗味的特有的男孩的气息,禁不住将脸深深地埋在他的头发里。

她又无声地哭泣起来,并在嘴中小声说着:"我们回家吧,我们回家吧……"眼泪一滴一滴地落进他的头发里。

他将脸贴在她温暖的胸前,他听见了她柔和而纯净的心声。丝丝气息,使他想起六岁前钻在妈妈的怀里所闻到的那股体香。那股体香曾使他极容易地酣甜入睡。他的眼泪打湿了她的衣服。

天已拂晓,河水被朝霞所染,慢慢变成橘红色。早飞的鸟,已在半明半暗的天空下飞翔,不时叫出一串长音,犹如一串晶莹闪亮的水珠,从空中飘落下来……

4

日子如流水一般,从人的身边,从人的心上,默不作声地淌过。

转眼到了这学期的期中,这天,天将黑时,郁容晚来了,依然还是倚在荷塘边的树上。口琴声缓缓响起来……

使细米感到纳闷的是,上半夜,郁容晚只是吹了一会儿口琴,就不再吹了。他以为郁容晚走了,就睡着了。但睡梦中,他又隐隐约约地听到了口琴声。仿佛琴声十分遥远,虚虚飘飘,断断续续。他睡着,醒来;醒来,又睡着……琴声梦里梦外,让迷迷糊糊的细米弄不清是睡着了呢还是醒着呢。

第二天,细米听到妈妈对爸爸说:"那人一直吹到天亮。"

细米见到梅纹时,只觉得她好像生病了。一夜之间,她的脸苍白起来,眼中又有了惶惑与忧伤,一副倦容。

细米的妈妈问:"你有哪儿不舒服吗?"

梅纹摇摇头。

后来,一连三天,都是在天将黑时,郁容晚准时出现在荷塘边,并且天天是一样的情形:上半夜安静得似乎没有他这个人,下半夜却琴声不断,直到天将日出。

梅纹的神情一天一天地恍惚起来,人也一天一天地憔悴起来。

细米不知道发生了什么事情,只好不停地看着大人们的脸色。他发现,爸爸和妈妈好像也有什么心思。

这天,细米放学回家,就见爸爸妈妈和梅纹都坐在家中,看样子,他们好像正在谈话。他将书包放回那间小屋,转身走出来,侧耳听着——

妈妈说:"你就跟他回苏州吧。草凝他们那么多人都想回去,还回不去呢。"

爸爸说:"你家就你一个人了,你是有条件回城的,现在既然同意你回去,你们就一起走吧,机会难得呀。"

妈妈说:"回去吧,想稻香渡了,想细米了,想我想他爸了,想这个家了,你就回来看看。"

爸爸说:"你不用担心那些孩子,我会想办法的,你放心走就是了。"

梅纹就是不说话。

妈妈说:"你已够苦的了。"她竟小声哭泣起来,"回城里去吧,听我的话,回去吧……"

梅纹依然不说一句话,却起身往细米的小屋走来。

细米看到,梅纹的双眼红红的。

梅纹说:"马灯呢?"

"挂在墙上。"

"加油了吗?"

"加了。"

"灯罩擦了吗?"

"还没有擦。"

"我来擦。"

"我来擦。"细米坚持着。

吃了晚饭,梅纹像往常一样,到村里去了。细米的妈妈则开始准备梅纹回苏州城的东西。

第二天,细米的妈妈到河边去剥芦苇叶——她要裹粽子,让梅纹带在路上。稻香渡的风俗:亲人上路,要裹粽子。

有人见着了,便问:"师娘,你剥芦苇叶做什么?"

"纹纹要走了,裹粽子。"

"说走就走了。"

妈妈叹息了一声:"说走就走了。"

人家就安慰她:"梅姑娘会回来看你的。"

中午,梅纹见到了一捆上好的芦苇叶,问:"师娘,你现在剥芦苇叶做什么?"

"给你裹粽子。"

梅纹听了,拿来一根细绳,将芦苇叶仔细捆好,吊在了屋檐下——这里人家,暂时不用的芦苇叶都吊在屋檐下。

细米的妈妈追了过来:"纹纹,你……"

她一扭身子:"我不走。"

这天晚上,郁容晚没有来,以后也没有再来。稻香渡的人,大概永远也听不到那动听的口琴声了。

5

每天,梅纹都好像在心神不宁地等待着什么,目光里掩饰不住地流露出茫然与焦灼。

夜晚的荷塘,因为郁容晚的缺失,而显得寂寞。在这几年时间里,稻香渡中学的这汪池塘,算得上是这个世界上最幸福的池塘了,因为一年四季,会有一个长得十分帅气的男子在这里吹一口优美的口琴。春夏秋冬,无论是小荷怯生生地才露尖尖叶,还是绿荷如无数的伞在风中晃动,抑或是冬日塘中结了冰只有残梗断蓬,口琴声都会经常于夜晚响起。这几年,这池塘仿佛有了灵性,那荷花一年比一年开得鲜艳。

作为报答,池塘给了他们宁静、温馨与慰藉。

然而,从此以后,这汪池塘的清水中,不可能再见到那一对人儿的身影了,不会再听到琴声了,它也只能空有一池景色了。

梅纹不再去荷塘边,仿佛有一个梦,但它现在飘逝了。

大约又过了一个星期,梅纹将一封信交给了细米:"送给他。"

细米拿了信就走。

梅纹叫住他:"知道往哪儿送吗?"

"知道,燕子湾。"

细米上路了。他走得很快,有时甚至会小跑起来。他知道,那是一封很重要的信。他仿佛听到了信中的呼唤,但他无法判断信中的内容。他焦愁起来,甚至不安起来。当他想到这封信也许是与郁容晚约定一个行期时,他一下子又难过起来,心虚虚的,仿佛不在胸膛里了。他的双腿开始变软,脚步渐渐慢了下来。

那封信沉重得好像要穿破细米的口袋了。

一个老头拉了一车稻子正在吃力地爬坡,见了细米,呼哧带喘地说:"孩子,帮爷爷推一把,好吗?"

细米看了他一眼,没有理会。

老头一甩脑袋,甩下一片的汗珠:"帮我推一把,好吗?"

细米没好气地说:"你不知道我要送信吗?"说着,从车子旁边走了过去。

老头冲着细米的背影摇了摇头。

细米到了燕子湾,问人家郁容晚在哪儿,人家告诉他:"三天前,他就回苏州城了。"

细米似乎没有听明白,呆呆地望着人家。

人家说:"走了,回城了,再也不回来了。"

细米傻呆呆地站在那里,长时间地望着陌生的燕子湾。

回家的路上,他的手一直抓着那封信,手上的冷汗几乎要将信封沤开了。

五月的天空,像镀了金子一般明亮,一群喜鹊漂亮得好像特意打扮过,叫喳喳地在林子间来回飞着。

细米的心情忽然好了起来。他先是慢吞吞地走着,继而快走,继而跑,继而快跑,继而又跑又跳。

一棵槐树向大路中间横过一枝,细米冲上去,然后一跳,双手抓住横枝,在大路中间来回摆动了十几下,直到双臂发软,才将双手松开,坠落在路上。

走不一会儿,他看到了一架扯了满篷的风车,四下里瞧瞧,见无一个人影,便冲上去,将车篷一叶一叶地放下,听着车篷落卜时发出的"哗啦啦"的声音,他感到无比的兴奋。刚才还在圆满转动的风车,不一会儿,就僵在了河边上。

他出发时,翘翘不知到什么地方野去了,他正往回走时,翘翘从大路那头迎上来了。一阵亲热之后,它与主人一起往回走,随着细米的玩耍,它也一路做出疯样儿。

岸边停靠着一条抽水机船,像大炮一般,伸着长长的铁管。

细米将脑袋伸进铁管,轻轻喊了一声:"细米!"

铁管内顿时声音"嗡嗡"。它本是通向水中的,那"嗡嗡"之声在管内轰鸣时,还带着水的颤音。

细米在铁管中喊叫了一声"红藕",于是又听到了一阵"嗡嗡"之声。

接下来,他将脑袋从铁管中拔出,开始向铁管内掷石子。石子向下跳动,一路与铁管相撞,发出"丁当"之声,清脆悦耳,仿佛世界上又增添了一种新的乐器。

细米觉得好听,于是捡来十几颗石子,一掷再掷,百听不厌。

突然从船舱里跳出一个大汉来,冲着细米,大吼一声:"小浑蛋,干什么?!"

细米吓了一跳,赶紧率领他的狗,落荒而逃。

走不一会儿,细米又遇到了那个推车的老头,并看到他又在爬坡。他急步跑过去,用力帮着老头将车推过坡去。

老头将车停住,很奇怪地看着细米。

细米朝老头摇摇手,转身走自己的路。说是走路,又不太像走路,犹如醉汉,走得歪八斜扭。离家还有一两里地,他开始狂呼乱叫,并一路疯跑。通过一座高桥时,他也不能老实,回头看一眼翘翘,居然在桥中间打了一个旋儿,大概是转晕了,一只脚滑出桥板,身体失去平衡,他便跌落了下去……

当时正有一艘轮船从桥下经过。

细米"哎哟"一声尖叫,挣扎起来看时,发现自己正坐在轮船的顶上。

翘翘"汪汪"乱叫,一时竟不敢跳下,眼见着轮船马上就要从桥下过去,才纵身一跃,也上了轮船的船顶。

天高水阔。

轮船剪开蓝汪汪的河水,船后白浪翻滚,好像成团成簇的梨花。

远处是河湾，轮船拉响汽笛，声音令人亢奋。

细米站起身来，迎着扑面清风，舒展双臂，仰望晴朗的天空，大声叫起来：

> 黄梅时节雨丝丝，
> 小弟弟给大姐送蓑衣，
> 蓑衣放在田埂上，
> 光身子淋雨往家移。
> 往家移，往家移，
> 回头望，大姐她人还在雨地里……

6

此后，每个星期梅纹都会收到一封来自苏州城的信。

那些信封是特地精心制作的，清一色地好看。

梅纹没有拆开一封，每次收到只是将它们举起，放在阳光下照一照，然后一阵愣神儿，便轻轻叹息一声，将它们一封一封地摞在一起，放在枕头边。

细米的爸爸妈妈又劝说了她几回，让她早点回城去，但每当那时，她就会走开，不再听细米的爸爸妈妈继续说下去。

这时，离细米他们考高中的日子还有两个月。

梅纹成了这个世界上一位最可称颂的老师。每天早晨，她清水洗面，匆匆吃完早饭后，就早早来到校园门口，去等候她的学生们，一直等到最后一个同学，她才返回校园。接下来整整一个白天，她都在为班上五十三个孩子工作。晚饭后,她再次清水洗面,驱净一天的风尘与疲乏,便走向村子。细米深夜接她回来后,她并没有立即入睡,不是备课,就是回头检查孩子们的作业。细米的妈妈常常是已睡了一觉了,醒来时还见梅纹的窗户亮着灯光。

五十三个孩子的作业,无论是数学还是语文,皆干干净净,全不像出自乡村孩子之手。

五十三个孩子无一没有记住她的一句话:"做作业不光是要做对了,还要做好看了。"

因此,五十三个孩子将作业做得像秋风吹过的场地一样干净,也像她人一样干净。

她显得比以往任何时候都要坚韧,她的身体一天一天地瘦弱下来,但那份精神却丝毫无损。那天,她倒下了。她躺在床上,细米的妈妈在用热毛巾给她擦脸时,觉得她的脸是那么地瘦削,说:"你傻呀,你不欠稻香渡的……"

她只将星期天的时间留了出来,留给细米,留给细米的妈妈。她恨不能将从父母亲那儿得到的和自己体悟到的一切,在很短的时间内,一丝不留地都注入细米的心灵。她常常会情不自禁地想到细米,而一想到细米,她就好像来到了秋天的晴空下。忽然听到了凄厉的叫声,抬头一看,见到了一行南飞的雁群,于是,心头起了一种温柔的感觉,也起了一种酸楚的感觉。她陪细米的妈妈聊天,聊得最多的也是细米——细米的现在、细米的将来。而当细米的妈妈说到细米的过去时,她便会全神贯注。连细米的每一次淘气,都成了她的一份喜欢。

八月的一天上午,许多孩子都来到了那道白色的栅栏下。他们有的坐在白栅栏下,有的倚着白栅栏,有的则骑在白栅栏上,呈各种姿态,梅纹被他们团团围在中央。

谁也不说话,安静得有点让人吃不消了。

"李书亮、王有成、丁奚娟呢?"一个孩子问。

"他们不会来了,他们好像知道了自己没有考上。"另一个孩子回答。

"细米和朱金根去看榜,怎么到现在还不回来!"红藕有点着急了。

"谁再去看看?"一个孩子说。

"我不敢看。"

"我也不敢看。"

红藕抓住梅纹的手,像被寒风吹着了似的微微哆嗦:"我能考上吗?"

梅纹侧过脑袋,一笑,然后点点头。

"他们回来了!"

大家立即拥了上去。

细米被众人团团围住。他气喘吁吁地开始念抄来的名单。

欢呼声一次又一次地响彻了稻香渡中学。

朱金根被气氛感染,将两只鞋全都脱下,朝高空抛去,落下时,又被其他孩子抢去,继续抛入空中。他又追着叫喊:"我的鞋子! 我的鞋子!"

最后,那两只鞋全落到了教室的屋顶上,远远看上去,像歇在屋顶上的两只疲鸟。

红藕忽然发现不见了梅纹的身影,便叫了起来:"梅老师呢?"

他们最终在荷塘边找到了梅纹,那时,她已泪流满面……

夜晚,梅纹将窗子打开,让秋天的风,带着稻子成熟的气味,吹进屋里。

灯下,浴后的她一身清洁,满面红颜。她开始读那些已寂寞了许多时的信,一封一封地读,一直读到红霞满天。那些优美的信,一封比一封更有力地打动着她的心。她哭,她笑,她哭……哭哭笑笑,笑笑哭哭。她仿佛一夜都在倾听如泣如诉的口琴声……

7

一个星期后,早晨。

细米拿着一个小小的行李卷要出门。

妈妈问:"你要去哪儿?"

"去大舅家。大舅不是说要到东海滩上割茅草回来盖房子吗? 我去帮他捆草、看船、看窝棚。"

"前天你大舅特地来让你去,你不是说不去吗?"

"现在我想去。"

"你怎么没有个准主意呀? 你纹纹姐今天一大早去镇上办手续了,过不了几天,她就要走了,你就别去了。"

"我去。"

"别去了。"

"我去。"

"又犟!"

"我就去!"细米说完,背着行李卷走出了门。

"你大舅他都开船走了!"

"船在他家码头上,他在等我。"

"细米!"

细米头也不回。

翘翘跟着他,倒不时地回头看看。

细米上船时,红藕站在码头上问:"她要走了,你不等啦?"

细米没有回答,和翘翘坐在船头上,再也没有回头看一眼红藕。

大船上路了。

有很长时间,细米就那么坐在船头上。他目光呆滞,一路的风景,在他眼前虚虚幻幻地滑过。好像水面上有几只鸭子,好像有一只小船与大船擦身而过,河边的槐树上好像有一只很大的喜鹊窝……耳边似乎有"咝咝咝"的风声与"噗噗噗"的水声……他的心似乎不在胸腔里了,他的魂儿似乎飘出了他的身体。

大船扯足了帆,在水面上一路奋进。

细米就这样一直坐到中午。掌舵的大舅说:"细米,你来掌一会儿舵,我去烧中饭。"

细米这才爬起身。双腿因久坐而发麻,他爬起来时,差一点跌倒在河里。他一瘸一拐地从船头走到船尾,从舅舅手中接过了舵。

舅舅很放心地将舵交给了细米——十三四岁的水乡孩子,没有不会弄船的。

最初的几十分钟,细米将舵掌得很漂亮,他双目远望前方,两手很有分寸地握着舵杆,那船十分流畅地行驶在最节约的路线上。

舅舅很高兴:"小子,这么会掌舵!"

但不久,细米就走神了,船开始东摇西晃,走得十分生硬。

舅舅正在忙中饭,也没特别在意。过了一会儿,低头烧火的舅舅直觉地感到船向有点不对头,猛抬头,只见大船正往岸上撞去,掉头冲细米大喊一声:"扳舵!"

恍惚中的细米猛地一震,浑身哆嗦了一下,立即扳舵,却又于慌乱中将舵扳错了,船冲河岸直线而行,一头撞在了河边的大树上,震得树叶"哗啦啦"落下,船猛烈一跳,泥炉上的饭锅被震落在船板上,将一锅半生不熟的饭,撒得到处都是。

舅舅大吼一声:"小子,你在想什么哪?"

细米满脸通红……

两天后的黄昏,大船到达了预定的地点。

细米从未见到过这般绚烂的晚霞,它沉静而富丽堂皇地染红了海滩,染红了海。滑翔的海鸥,像黑色的纸片儿,在霞光里随风飘飞。霜后的茅草,金红一片,与晚霞相融,更将海滩营造得让人神往与迷惑。

潮湿的海风里,细米一下忘记了稻香渡——稻香渡的一切。

天黑不久,他和舅舅一起,已在海滩上搭好了窝棚。

饭后,月亮从大海那边升起,于是平静的海面仿佛有了一条颤颤悠悠的碎银铺就的路。

细米坐在海边上,觉得周围是无边无际的寂寞。然而,这寂寞却使他感到喜欢。他默然无语,一任寂寞围绕着他。

舅舅看着他好看的身影,心里是一团欢喜。舅舅在欢喜他时,每每总要想到唇红齿白眼珠儿黑溜溜的红藕。那时,舅舅的心上会有一种特别的感觉。

此后,一连好几天,细米都非常卖力地帮着舅舅刈茅草。他跟在舅舅的身后,将舅舅刈倒的茅草放到一起捆好。现在回头一看,那么广大的一片海滩上,已散落着无数的茅草捆。他要比舅舅清闲一些,活不够他干时,他就会坐在草捆上,用手抚摸着翘翘的脑袋,看舅舅割草。舅舅双手握住一把长柄刈草刀,将柄端抵在腰上,然后有节奏地扭动身体,刈草刀大幅度地摆动着,锋利的刀下,那茅草便"沙啦沙啦"地倒下——倒下时闪烁着金红色的光芒。有时会惊动起一只灰色的野兔,他就会和翘翘一起追将过去,有时能够追着,有时那兔子突然地就消失得无影无踪,让细米感到十分神秘。当他遗憾地与翘翘重回舅舅身边时,舅舅又刈倒了一大片茅草了。

舅舅只是喜欢带细米出来,并没指望细米帮他干活。当看到细米一个劲地干活时,他就会说:"去吧,到海边看住船,别让海浪将它冲走了。"

细米想,反正我也来得及捆草,就听了舅舅的话,一直走到离海水最近的地方。大海让他喜欢不已。它静着好看,闹着也好看。风大发怒时,海会让细米感到震撼。那时,只见排天巨浪,犹如无数白色的野牛排成一线,"轰隆轰隆"地向岸边奔突而来,吓得翘翘大声吠叫,往茅草深处跑去。

但,这些景色,看了几天便看乏了。

细米干活的劲头也渐渐减弱下来。

海再阔,力再大,却覆盖不住脑海里那个小小而宁静的稻香渡。

细米慵懒起来,神情又变得恍惚与不安。

这天晚上,他躺在窝棚里的地铺上,翻来覆去了一阵,突然对舅舅说:"我想回家。"

"什么?"舅舅不由得坐起身来。

"我想回家!"

"你这孩子尽能胡说。这茅草才刈了三分之一呢,再说路这么远,来一趟很不容易,哪能说回家就回家呢?"

"我就是想回家!"

"别再胡说了,睡觉!"舅舅重又躺下来,再也不去理会细米。

第二天早晨,细米仍然说着一句话:"我想回家!"

"不行!"舅舅抓着刈草刀,恼火地转过身,往茅草深处走去。

细米没有跟舅舅走,一屁股瘫坐在窝棚门口。

眼见着就要到中午,舅舅马上就要回来了,细米从地上跳起来,扑进窝棚,从舅舅的衣服口袋里掏了二十元钱,转身跑出窝棚。他朝舅舅刈草的方向看了看,然后转身朝着与舅舅那儿相反的方向,撒丫子就跑。

翘翘跟在他的身后,在茅草丛里忽隐忽显。

越过海堤,他踏上一条长得似乎没有尽头的路。仿佛在追赶什么,仿佛前方有某种呼唤,他沿着那条盐迹斑斑的路,一路小跑。四周荒无人烟,就只有他和他的狗。

天黑时,他还未走尽那条路。荒原的黑暗,沉重地压迫着他。中午也没有吃饭,此时他已经疲惫不堪,但他不得不拖着已经沉重如灌了铅的双腿作最后的奔跑。

他跑完那条长路,来到长途汽车站时,已是深夜。那时,他已浑身灰尘,面如土色。他口渴至极,捧了人家井台上的水桶,仰头便喝,水一时来不及流进嘴中,"哗哗"从嘴角流进脖子。

翘翘在他喝水时,一直仰着头,眼巴巴地看着。

细米蹲下,将水桶倾斜过来,翘翘便将头埋进桶中,"吧嗒吧嗒",一阵痛饮。

喝了一肚子水之后,细米带着翘翘找了一个避风的角落侧身躺下,翘翘则趴在他胸前,不一会儿也闭上了眼睛。

第二天,细米领着翘翘坐了半天汽车,下车后,又一口气跑了十几里地,黄昏时,已踏上了稻香渡的土地……

8

细米的妈妈正和红藕在院子里择菜,忽然看到了像刚从泥土里爬出来似的翘翘,感到万分惊讶,随即起身跑向门口。

那时,细米正一瘸一拐,穿过学校的花园向家门艰难走来。

他的两只鞋早在昨天就已经被踏破,留在了路上,现在是一双赤脚,他的脸被尘土的粉尘敷了一层,睫毛上结着细细的土粒,两只因饥饿与思念而变得又大又深的眼睛,黑漆漆的,亮得让人有点吃惊。

在细米走进院门时,妈妈和红藕闪到了一边。

一踏进院子,他随即掉过头去,目光越过白栅栏,朝梅纹的房间望去。他看到一把黑锁将门锁着。他的嘴唇便开始如秋风中的两片柳叶颤抖起来。

妈妈看了一眼紧闭的房门,说:"她走了……"

……

"她等了你七天,昨天才走的。"

他掉头跑进那间只有他和梅纹经常出入的小屋,一眼就看到桌上放着的一件头像雕刻。他立即认出了,那就是他。他并且立即认出了那块木头,就是梅纹的父亲从山里带出的那块色泽凝重的木头。

细米久久地望着那件少年头像,觉得很像他,但又觉得不太像他,因为,那个少年显得成熟而坚强。

妈妈说:"打你走后,她把这屋的门关上,天天就在这屋里呆着。"

那件头像在细米的视野里变得模糊起来,他低下头来时,两滴清清的泪珠落在了头像上。

桌上还有一箱雕刻刀。那是梅纹的父亲留下的,现在梅纹将它们留给了细米。

仿佛她还没有远去,还在栅栏那边的屋子里,他又走进院子。

然而,对面的屋子确实永远地沉寂了。

目光落下时,他的视野里便是那道白色栅栏。他断定,她在临走前,又将它仔细刷过了,因为,它显得比以往任何时候都干净、鲜亮。

泪水涌出时,他的眼中是一片纯洁的白色……

乡 村 情 结
（代后记）

　　在我的全部作品中,写乡村生活的占绝大部分。即使那些非乡村生活的作品,其文章背后也总有一股无形的乡村之气在飘动游荡。

　　至今,我还是乡下人。

　　我土生土长在江苏农村。二十岁之前的岁月中,我是一个道道地地的农村孩子。回忆往日,我总能见到一个永恒的形象:一个瘦小而结实的男孩,穿着脏兮兮的破衣,表情木讷但又充满野性地站在泥泞的田野上;他在水沟中抓鱼,尽管并不能抓到什么了不起的大鱼,但,他却是投入的,忘我的,他浑身上下都是泥巴;他在稻田中追捉一只"纺纱娘",尽管赤日当空,晒得野外不敢有人走动,但他还是将双眼瞪圆,死死盯着那个绿得透明的小精灵;月光下,他钻过篱笆,钻进了人家的瓜地,忽然听到主人家的"吱呀"门声,于是他像一只猫伏在瓜丛里;他用火点燃了秋后河坡上的茅草,那茅草呼呼燃烧,然后像无数条金蛇四下蔓延,燃成大片的烈火,仿佛要永无止境地烧下去,这气势吓坏了他。一阵恐怖的战栗之后,他撒丫子逃跑了……

二十年岁月，家乡的田野上留下了我斑斑足迹，那里的风，那里的云，那里的雷，那里的雨，那里的苦菜与稻米，那里的一切，皆养育了我，影响了我，从肉体到灵魂。

　　乡村用二十年的时间，铸就了一个注定要永远属于它的人。

　　后来，我进了都市，并且是真正的大都市。然而，我无法摆脱乡村情感的追逐与纠缠。我深陷其中，很难以灵魂进入都市。我是都市中的一个乡情脉脉的边缘人。我在理论上，常常是一个城市文明的鼓吹者，而在骨子里，却是一个十足的乡村小子。随着城市文明对我的浸染的加深，我非但没有被城市文明所腐蚀和瓦解，倒恰恰相反，越来越频繁地回首眺望那离我而去、如烟飘逝的乡村生活。我常常在沉思这种生活对一个人的必要性，这种生活对一个人的审美情趣起到了什么样的潜移默化的作用，这种生活是如何帮助一个人在如火光照耀下的燥热的现代生活里获得了一片心灵的净地……年龄渐大，这情结渐深。

　　许多这样美丽、动人的乡村故事早就孕育于我心中，深深地迷恋着我。我为拥有这样的故事而感到富有与骄傲。我由衷地感谢乡村馈赠了我这一切。多少年来，它们一直伴随着我，给我平凡的生活增添了许多情趣。我悄悄地将它们保存在记忆里，且独自欣赏着。我想有朝一日，等我已将它们的意义充分地领会了，我会把它们付诸于文字公布于世的。现在，我认为时机已经成熟了。在朋友的鼓动与鼓励下，我以出人意料的速度就将这些在心中珍藏了多年的故事写了出来。

　　乡村固定了我的话语。回想起来，我在写它们时，有一种如鱼得水、顺流而下的轻松与自如。